CW00922196

La comtesse de Ricotta

Du même auteur,
chez le même éditeur

Mal de pierres, 2007
Battement d'ailes, 2008 (et «Piccolo» n° 64)
Mon voisin («Piccolo» inédit n° 60), 2009
Quand le requin dort, 2010

Milena Agus

La comtesse de Ricotta

Traduit de l'italien
par Françoise Brun

LIANA LEVI *piccolo*

Titre original : *La contessa di ricotta*

ISBN : 978-2-86746-681-6
www.lianalevi.fr

« Y a plein de lucioles, dit le Cousin.

– À les voir de près, les lucioles, dit Pino, c'est des bestioles dégoûtantes, elles aussi, rougeâtres.

– Oui, dit le Cousin, mais, vues comme ça, elles sont belles. »

Et le gros homme et l'enfant continuent à cheminer dans la nuit, au milieu des lucioles, en se tenant par la main.

Italo Calvino, *Le Sentier des nids d'araignée,*
traduction de Roland Stragliati, Julliard, 1978.

1

La famille des trois sœurs, dans les premières années du XIXe siècle, quand le roi vint se réfugier en Sardaigne à l'arrivée des Français en Piémont, était déjà riche mais pas encore noble. Elle le devint, dit-on, grâce à un de ses ancêtres qui avait offert à ce roi, toujours de mauvaise humeur, toujours à claquer les portes et à râler contre ce « trou du cul du monde de Sardaigne », un magnifique service de vaisselle digne de sa table.

Le palais nobiliaire est situé dans le quartier de Castello et date du XVIIe siècle. Il était donc là bien avant que le roi en fasse cadeau au trisaïeul des trois sœurs, en même temps que le titre. C'est un bâtiment qui occupe un angle. Autrefois, toutes ses façades appartenaient à la famille des comtesses et les deux entrées principales étaient animées d'un va-et-vient d'oncles et tantes, grands-parents et cousins, serviteurs et médecins, car la mère des comtesses souffrait du cœur.

Des trois façades, ces dames n'en possèdent plus que deux, l'une sur une ruelle et l'autre sur la rue principale. Aux premier et deuxième étages s'ouvrent de grands balcons aux balustrades formées de statues en plâtre, flanqués de chaque côté de balcons plus petits.

Le troisième étage est tout en fenêtres, encadrées de colonnettes et surmontées de frontons décorés d'anges.

L'entrée est somptueuse, et quand la porte cochère est ouverte, souvent des curieux s'arrêtent pour regarder et parfois même entrent, attirés sans doute par l'atmosphère de recueillement et de silence, semblable à celle d'un couvent. Dans la cour, des niches abritent les bustes des ancêtres; au fond, deux petites volées de marches en marbre blanc, balustrades en marbre blanc également, se rejoignent à mi-étage pour former un encorbellement. De là, une galerie voûtée mène aux escaliers proprement dits.

Dans la galerie, deux portes. À droite, celle de l'appartement numéro un, celui de la comtesse de Ricotta, à gauche celle de l'appartement numéro deux, vendu. Partent ensuite deux escaliers, qu'éclairent des fenêtres à vitrail coloré, comme dans un kaléidoscope. Celui de droite mène à l'appartement numéro trois, celui de Maddalena et Salvatore, et celui de gauche au numéro quatre, vendu. Au deuxième étage se trouvent les numéros cinq et six, vendus. Enfin, au troisième, les appartements sept, vendu, et huit, celui où vit Noemi.

Maddalena et son mari Salvatore, qui espèrent une famille nombreuse, occupent l'étage noble. En plus des fenêtres sur la cour intérieure, ils ont un balcon sur la rue principale et deux fenêtres sur la ruelle, laquelle débouche sur une petite place de Cagliari où la lumière de la mer et du ciel aveugle.

Mais c'est sur la grande cour intérieure, où donnaient autrefois les pièces secondaires, qu'ouvrent presque toutes les fenêtres des comtesses.

Au fil des ans et des faillites, la maison a été divisée à plusieurs reprises et il ne reste plus à la famille que les appartements un, trois et huit. Ce qui ferait plaisir à Noemi, l'aînée des trois sœurs, serait de tout racheter avant d'être vieille et de mourir.

L'appartement de la comtesse de Ricotta, personne n'y habitait autrefois, c'était une réserve à provisions. Il est sombre et laid mais plus sûr pour son fils Carlino, qui, depuis qu'il a appris à marcher, ne cesse de s'échapper pour filer dans les ruelles. Il s'échappe et file avant même que sa maman ait fini de le débarbouiller. Au coin de sa bouche brillent toujours des résidus de nourriture. Et sa maman court derrière lui. Il se précipite vers les groupes d'enfants qui jouent sur les petites places, mais ils ne veulent pas de lui. Quand sa mère le rejoint et voit les autres enfants repousser son fils, son visage devient triste, elle prend Carlino par la main et le ramène à la maison, la tête penchée sur le côté. Noemi ne peut pas les supporter, ces gamins. À son avis, ils ne veulent pas de son neveu parce qu'il a des lunettes qui le font ressembler à un plongeur.

« Ils me le paieront », dit-elle.

Les trois sœurs ne s'appellent pas réellement de Ricotta. C'est la benjamine qu'on appelle ainsi, parce qu'elle est maladroite, des « mains de ricotta », et parce que la réalité entière blesse son cœur fragile, un cœur de ricotta, lui aussi.

On raconte que petite elle se faisait gronder parce qu'on ne pouvait jamais compter sur elle, toujours dehors à aider les pauvres, puisque eux, à la maison, soi-disant ne manquaient de rien. Quand il pleuvait, elle se précipitait avec des seaux dans les logements en sous-sol de Castello pour aider les malheureux à écoper, et quand au contraire l'eau manquait, elle leur apportait des bidons pleins, puisque eux, à la maison, avaient leurs propres réservoirs.

Selon Noemi, elle devait gêner plus qu'autre chose car elle ne savait rien faire, sauf ajouter du désordre dans les taudis, avec ses mains de ricotta. Mais quand elle avait aidé quelqu'un, elle revenait toute contente. Elle apparaissait dans l'embrasure de la porte sombre de la salle à manger, toute menue, bras croisés, hésitant à entrer, comme si elle voulait s'excuser d'être bonne et peut-être même d'exister.

Elle faisait la nounou gratis pour les enfants dont les mamans travaillaient. Quand celles-ci ne lui disaient pas merci ou qu'elles la traitaient avec froideur, elle pensait « qu'est-ce que j'ai fait de mal ? » sans jamais croire en sa bonté. Au contraire. Si elle n'arrivait jamais à rien, c'était parce qu'elle n'était pas suffisamment bonne. Et Noemi aurait voulu la prendre et la cogner contre le mur, sa pauvre idiote de sœur.

Ici, à Castello, beaucoup de gens se moquent d'elle, et ceux qui ne se moquent pas la critiquent. Le plus drôle est qu'ils l'exhortent à se faire respecter alors qu'ils sont les premiers à la traiter sans égards. Noemi la première, qui dicte sa loi en criant.

Le voisin était là depuis longtemps, de l'autre côté du mur de la cour, et aucune des trois sœurs ne s'en était jamais souciée jusque-là. L'idée avait jailli un jour comme tant d'autres où la comtesse de Ricotta s'était sentie mal. Une chance que Maddalena, la deuxième des sœurs, soit là, car à la porte cochère la comtesse, incapable de glisser sa clé dans la serrure, s'était pendue à la sonnette. Maddalena avait dévalé les escaliers et soutenu sa petite sœur pour la faire entrer. En montant les marches, entre deux sanglots, la comtesse lui avait raconté qu'elle avait croisé dans la rue l'homme avec qui elle avait fait l'amour cette nuit-là. Il parlait dans son portable et l'avait saluée d'un simple signe de tête, concentré sur sa conversation, puis il avait continué sa route.

« Il ne te mérite pas. Ceux qui ne nous aiment pas ne nous méritent pas, disait Maddalena pour la consoler.

– Mais moi, personne ne m'aime.

– C'est parce que personne ne te mérite.

– Comment pourrais-je être à ce point supérieure aux autres que personne ne me mérite ?

– Allons chez moi, je vais te préparer quelque chose de chaud.

– Tu ne sais dire que des banalités. Je ne veux rien boire de chaud, et je ne veux pas manger non plus. Je veux mourir. Vous ne savez dire que des banalités, tous. »

Cet après-midi-là, devant la porte cochère, Maddalena, revenant de la maternelle avec Carlino, avait rencontré le voisin qui arrivait en Vespa. En la voyant, il avait freiné brusquement et ôté son casque.

« Votre façade sur cour est en train de partir en morceaux, avait-il dit, le crépi tombe et au fronton des fenêtres, les têtes des femmes tristes se détachent.

– Ce sont des visages d'anges », avait rectifié Maddalena.

L'enfant lui avait pris le casque des mains, l'avait mis sur sa tête et s'était sauvé. Sa tante lui avait couru après mais c'était le voisin qui l'avait rattrapé, et il l'avait fait monter sur sa Vespa.

« Accroche-toi bien, on va faire un tour. »

Maddalena était restée à les attendre sur le trottoir pendant qu'ils filaient via La Marmora, via dei Genovesi, via Santa Croce, passaient sous la tour de l'Éléphant, puis remontaient la via dell'Università avant de grimper jusqu'à Terrapieno et la tour de Saint-Pancrace pour redescendre ensuite dans le quartier de Castello et se retrouver devant la maison.

« Le casque, je te le donne, avait dit le voisin à Carlino. Mais on va faire un pacte : quand tu joueras dans le jardin, tu le mettras. Chaque fois. Tope là ! »

L'enfant avait filé à l'intérieur.

« Au moins, il sera protégé. Ce n'est pas rien quand un bout de corniche vous tombe sur la tête. Ne prenez pas les choses à la légère. Je la vois très bien, de chez moi, votre façade.

– Merci. Vraiment. Nous le savons, hélas, et nous nous y sommes habituées. Nous espérons seulement qu'il n'arrivera rien avant que nous puissions réparer. »

Le voisin avait fait démarrer la Vespa et était reparti.

Maddalena s'était précipitée auprès de la comtesse, toujours recroquevillée dans un coin.

« J'ai peut-être trouvé un homme qui pourrait te mériter. »

Mais la comtesse s'était bouché les oreilles pour ne pas entendre.

« Un homme bon. Comme toi, qui es la meilleure personne que je connaisse. Lui, c'est sûr qu'il te mérite.

– Qui ?

– Ce monsieur qui habite de l'autre côté du mur. On l'a rencontré avec Carlino. Il l'a emmené faire un tour en Vespa et il lui a donné son casque, pour quand il va jouer dehors. Il se fait du souci pour nous. À cause de la façade sur la cour qui tombe en morceaux. Je n'ai pas vu son alliance. Elle m'avait frappée les autres fois, tellement elle était grosse et brillante. Maintenant que j'y pense, je n'entends plus jamais jouer du violon par ses fenêtres, juste le bruit de la radio et de la télévision. Et d'ailleurs je ne la vois plus, cette dame si jolie, celle qu'on voyait quelquefois sarcler et arroser. Maintenant le jardin est plein de mauvaises herbes.

– C'est vrai qu'elle était très jolie, cette dame.

– Laisse-moi finir. Quand apprendras-tu à laisser les gens finir sans les interrompre. Elle était très jolie, certes, mais d'abord elle n'est plus là et ensuite elle était, comment dire, banale, et pour finir, méchante. Et il ne veut plus entendre parler d'elle puisqu'il a enlevé son alliance, et il laisse les mauvaises herbes envahir le jardin parce qu'il déteste les fleurs qu'elle avait plantées. »

Depuis, la comtesse ne fait plus que penser au voisin, heureuse que le destin lui ait fait ce cadeau, à deux pas de chez elle, et elle échafaude des stratagèmes pour effacer la ligne de partage entre les deux cours. Par exemple, faire pousser dans la plate-bande qu'elle a aménagée au pied du mur des fleurs improbables qui s'épanouiraient instantanément de l'autre côté, comme ça elle se pencherait par-dessus pour les arroser.

Noemi, sa sœur aînée, ne peut pas la souffrir, cette plate-bande, d'ailleurs elle l'appelle la *plate-bande de l'injustice,* parce qu'elle devrait être bien plus grande, au lieu de ce misérable petit ruban. Il faut dire qu'à l'époque où le palais avait été divisé, il y a fort longtemps, les calculs sur l'emplacement du mur de séparation entre la cour vendue et la cour restante avaient été mal faits. Noemi a enquêté à la mairie et au cadastre, elle a examiné l'acte de vente et découvert l'erreur commise par leurs aïeux. Elle est même allée voir le propriétaire pour revendiquer cette portion de terrain, mais il n'a rien voulu entendre. Alors elle lui a fait un procès et ce procès court encore.

Le voisin ne sait rien de tout cela car il est locataire, mais s'il le savait, vu comment il s'intéresse au jardin, qu'il laisse plein de ronces, il n'hésiterait sûrement pas à céder aux comtesses la bande de terrain qui leur revient.

Bien qu'elle ne la supporte pas, cette plate-bande minable le long du mur, Noemi l'a entourée de tessons de poterie pour mieux la séparer du jardin proprement dit, celui qui n'est pas contesté, dont elle prend grand soin et qui comprend un bassin à poissons entouré de rosiers, une pergola avec des tables en pierre, et des citronniers, un néflier, un agave, des hortensias.

Le voisin habite aussitôt passé le coin, entre la ruelle et la rue principale, un logement qui faisait autrefois partie du palais des comtesses, construit autour de la cour intérieure. Il est au rez-de-chaussée et dispose, au fond d'un passage sombre, sous une arcade qui est la véritable entrée du palais, d'un accès indépendant : un petit escalier orné de pots de fleurs, à présent desséchées, qui monte jusqu'à une porte vitrée.

La porte sur le passage étant toujours ouverte, n'importe qui pourrait entrer, sauf que personne n'y songe, vu le caractère peu avenant du voisin.

La comtesse et Maddalena, dès qu'elles passent le coin, marchent vite, lançant vers l'intérieur des regards furtifs, les joues rouges comme si elles s'acquittaient d'on ne sait quelle mission secrète. Parfois, elles entraînent Noemi qui, outre la plate-bande, ne supporte pas non plus ce voisin qui laisse à l'abandon la portion de terrain indûment acquis, quand elle voudrait y mettre de la bonne terre, arroser, planter des boutures.

La comtesse s'enthousiasme à l'idée d'un jardin que le voisin verrait fleurir miraculeusement, mais Noemi parle pour parler, et n'a aucune envie de faire une jolie surprise à qui que ce soit, encore moins à quelqu'un qui ne le mérite pas.

2

Maddalena et Salvatore n'ont pas d'enfants. Ce serait leur plus cher désir. Ils ont quand même un chat à rayures, un genre de petit tigre qui s'appelle Micriou. Ils le traitent comme un enfant, bien que Micriou ne soit guère porté à jouer les humains. Il était sûrement plus heureux avant, quand il n'avait pas de corbeille en osier ni de gamelle ni d'oiseaux en plastique et balles en tout genre, et ne possédait que ses rayures.

Pour l'enfant, ils n'ont pas perdu tout espoir puisque aucun des deux n'est malade. C'est ce que disent les docteurs. Chaque fois qu'ils font l'amour pourrait être la bonne. Mais l'enfant ne vient pas, et on ne sait pas comment les soigner, puisqu'ils sont en parfaite santé. Cette mystérieuse impossibilité de transmettre la vie, ils essaient de la vaincre par la nourriture et le sexe. Salvatore dit que sa femme a un corps de pornostar, avec sa grosse poitrine, sa taille fine, son ventre plat, ses fesses rondes, ses longues jambes.

Ils se plaisent à en mourir. Par exemple, ils sont en train de déjeuner et il lui demande de montrer ses seins. Elle porte ces soutiens-gorge qu'on attache par-devant, et quand elle ouvre son corsage ses gros nichons jaillissent, ronds et fermes. Alors Salvatore se lève et vient la téter, et ils interrompent leur repas pour passer dans la chambre.

C'est la plus belle pièce de l'appartement, vaste, avec un plafond peint et un sol en faïence ancienne de Gerbino aux motifs recherchés, vert, bleu pâle, jaune pastel et rose, de hautes fenêtres dans des niches, un grand lit de fer forgé chantourné couvert de brocart, une glace en pied. Devant la glace, pour son mari, Maddalena fait des strip-teases, parfois même en musique, elle a pris des cours de danse et se débrouille plutôt bien. Ils aiment beaucoup aussi faire l'amour en voiture. Elle remonte sa jupe pour lui montrer qu'elle est en porte-jarretelles sans culotte. Ils s'arrêtent où ils peuvent et après ils ont envie de chanter, parce qu'ils se sentent bien, mais aussi parce que cette fois Maddalena pourrait être enceinte.

Sur la plage du Poetto aussi ils aiment faire l'amour. Le samedi, Salvatore ne travaille pas et ils vont à la mer très tôt le matin, quand il n'y a encore personne. Quand ils sont fatigués, ils s'étendent sur une serviette et Maddalena provoque Salvatore de mille façons, en se passant de la crème sur le bout des seins ou en effleurant son *lingam*, le mot pour dire le sexe de l'homme dans le Kamasoutra. Puis elle lui prend la main et lui fait frôler son *yoni*, qui désigne le sexe de la femme dans le Kamasoutra. Jusqu'à ce que le *lingam* de Salvatore durcisse de manière indécente et qu'il soit obligé de se mettre sur le ventre, au cas où quelqu'un viendrait.

Les jours interdits sont les plus tristes pour Maddalena et Salvatore, parce ce que ce mois-là non plus aucun bébé n'est venu, mais ce sont aussi des jours où le désir s'accumule pour plus tard.

Maddalena est folle de son mari. Quand il n'est pas là, elle va embrasser ses vêtements dans l'armoire pour respirer son odeur.

Elle raconte tout à ses sœurs comme à la gouvernante, qu'elles appellent nounou et qui en parlant laisse parfois échapper un détail, quelque chose d'infime. Alors les plus imaginatifs se mettent à imaginer, et l'imagination est sans limites.

3

Il y a quelque temps, la comtesse de Ricotta a décidé de reprendre la nounou, et de lui faire une place chez elle. Elle a échangé son salon d'apparat contre un lit, un petit bureau, une armoire en aggloméré et un pouf en similicuir vert et jaune.

La famille avec qui elle a fait échange ne l'a même pas remerciée, mais elle est contente parce que ce sont des gens pauvres qui en tireront certainement une belle somme, et que la gouvernante a sa chambre indépendante, même si elle est moche, très moche.

Ce salon, c'était la seule pièce confortable de la comtesse. La seule où il vaille la peine de se tenir. La partie la plus précieuse de l'appartement, miroitante de lumières, avec son canapé, ses fauteuils à repose-pieds garnis de brocart, ses cadres en bois doré et ses poupées anciennes. Au mur, les portraits des ancêtres des comtesses et, plus grands, ceux de leurs parents, habillés tous deux comme au XIXe siècle. Leur mère faisait un peu peine, d'ailleurs, avec son air de dire « pardon si je suis ridicule, ainsi déguisée sous ces fanfreluches et ces dentelles, et pardon surtout d'avoir eu tant de chance ».

Et c'était vrai, tout le monde jalousait leur maman pour la chance qu'elle avait eu d'épouser un riche de la noblesse, elle qui était pauvre et misérable. La fille d'une *egua*, d'une putain, qui l'avait eue, sans mari, après une grossesse de sept mois à peine, et qui la voulait si peu qu'à l'état civil elle l'avait prénommée Befana, sous prétexte qu'elle était née le jour de l'Épiphanie[1]. Après quoi elle l'avait laissée aux religieuses, qui l'avaient mise dans une boîte, avec un trou pour l'alimenter. Elle était née sans peau et personne ne pouvait la toucher. Miraculeusement, elle avait survécu.

Entre-temps, la maman-*egua* s'était mariée et avait eu d'autres enfants. Mais son mari, un brave homme sans doute, avait recueilli la petite chez eux et l'avait appelée Fana. À trois ans, elle s'était retrouvée dans un environnement où elle ne connaissait personne. Contente quand même, au début, de dormir dans une petite chambre, avec sa table de nuit à elle et tout un pan d'armoire, au lieu du dortoir des sœurs avec les lits en rang, mais elle restait seule dans son coin et chaque matin vomissait son café au lait sur les pieds de ceux qui l'approchaient, avant de se sauver toute honteuse. Sa maman-*egua* l'avait alors envoyée chez ses tantes, deux vieilles filles qui étaient les sœurs de son mari, et là aussi malgré tout elle était contente, au début, parce qu'elle avait sa chambre à elle, avec des guirlandes de fleurs peintes sur les murs, et même une commode à miroir pivotant, et une infinité de peignes, de brosses et de flacons de parfum. Mais tout était si élégant qu'elle se sentait déplacée, comme en

1. Dans la tradition populaire italienne, la Befana est une vieille sorcière très laide qui apporte des cadeaux aux enfants la nuit de l'Épiphanie. *(Toutes les notes sont de la traductrice.)*

visite, et en visiteuse polie veillait à ne rien faire qui puisse déplaire à ces nouvelles tantes. Et de toute cette grande maison elle préférait un petit fauteuil rencogné sous une fenêtre garnie de géraniums rouge feu, où elle apprenait ses leçons, faisait ses devoirs et où, s'il n'avait tenu qu'à elle, elle aurait volontiers mangé, son assiette sur les genoux.

Elle devenait jolie, n'avait rien d'une Befana, et un noble extravagant et riche, le père des comtesses, l'avait épousée en la rebaptisant Fanuccia, Fanette. À cause de l'hostilité de sa famille, il avait renoncé pour elle à une bonne partie d'un patrimoine que ses ancêtres avaient déjà commencé à dilapider du temps où le roi claquait les portes, en hurlant que ce palais royal n'était qu'un taudis.

Pourtant, on dit que le père des comtesses n'a pas gaspillé ce patrimoine, mais qu'il l'a dépensé pour soigner leur mère, malade du cœur. Ou malade peut-être de cet excès de fortune, car elle avait du mal à croire qu'elle était devenue belle, elle qui avait été ce petit monstre sans peau, à croire qu'elle s'était mariée avec l'homme qu'elle aimait, qu'elle avait eu trois petites filles, qu'elle vivait dans un palais extraordinaire avec des domestiques, et à tout le reste. Alors, se sentant coupable de bouleverser le système-monde, lequel n'avait sûrement pas prévu que la fille d'une *egua* puisse passer d'une boîte à chaussures à la plus belle maison de la ville, elle préférait se cacher. Elle s'habillait de vêtements ternes, souvent usés, emprisonnant dans un chignon son abondante chevelure bouclée. Elle marchait courbée, toujours en chaussures plates et confortables. Elle pâlissait si elle croisait quelqu'un et se liquéfiait au moindre compliment. Aux domestiques, et en particulier à la nounou, qui avait son âge, son intelligence, sa bonté et sa beauté mais évidemment pas sa chance, elle faisait comprendre que la conduite de la maison leur appartenait et qu'elle ne prendrait aucune décision qui ne leur convienne pas.

Il lui semblait, à se recroqueviller et s'affadir ainsi, rassurer chacun sur le fait qu'elle n'avait pas eu toute cette chance et qu'on n'avait pas à s'inquiéter pour le système-monde.

Ceux qui habitaient déjà le quartier de Castello à l'époque disent que les comtesses avaient l'air d'être les filles de la gouvernante, qui les élevait à sa façon. Elles devaient refaire leur lit avant de partir à l'école. Le refaire complètement, pas juste le couvrir. Puis préparer leur petit déjeuner, chauffer le lait, griller le pain, laver les tasses et le broc. Maddalena et Noemi avaient appris à tout faire, et bien. Mais la cadette n'avait rien appris. Pire, il suffisait qu'on lui demande de finir un travail pour qu'elle le gâte.

« *Tenisi is manus de arrescottu !* » s'écriait en sarde la gouvernante : « Tu as des mains de ricotta ! » Et elle l'appelait *contessa de arrescottu.*

Le nom lui était resté.

Parfois, la comtesse lançait un défi à la nounou : « Et si je vous préparais un délicieux gâteau à la ricotta, tout blanc, tout bien décoré ? Et si je jouais les danses hongroises au violon ? Et si je vous chantais tout un opéra d'une voix mélodieuse ? Et si je pilotais un avion ? »

La nounou faisait « pff », et la chassait.

« *Insàraza deppèusu zerriài a s'esorcista!* » Autrement dit : « On va devoir appeler l'exorciste ! »

Ce que la nounou ne voulait pas, c'était que les comtesses grandissent différemment des autres petites filles, comme des filles de riches. De moins en moins riches, d'ailleurs, depuis un siècle qu'on vendait dans leur famille. Mais les plus gros trous dans le patrimoine, c'était la maladie de leur mère qui les avait creusés, jusqu'à réduire leur part à trois petits appartements, sur les huit que comptait le grand palais d'autrefois.

La gouvernante s'était mariée sur le tard avec un veuf de son village qui avait déjà de grands enfants, mais elle n'avait pas semblé très heureuse dans ce mariage tardif. On voyait qu'elle avait la nostalgie de ses petites comtesses. De ce temps où la pluie frappait aux vitres ou que l'orage grondait, et qu'elles dormaient toutes ensemble dans le grand lit, et que l'obscurité restait dehors, malgré le malheur qui frappait leur mère et la mort de leur père, peu après. Et peut-être aussi la nostalgie de la comtesse de Ricotta, qui faisait des dégâts partout où elle mettait les mains, et de toutes ces fois où elle avait prié le Seigneur pour qu'il reprenne cette pauvre petite, qui ne tenait debout que par habitude et vomissait au retour de l'école.

Elle venait les voir moins souvent mais ne manquait jamais, se faisant conduire en voiture par son mari, de leur apporter des provisions de la campagne. S'il n'y avait personne, elle laissait les paniers dans l'entrée, des légumes et des fruits, des œufs et des poulets de ferme, et ses inévitables gâteaux sardes.

Une fois rentrée au village, elle ne cessait de penser à la grande maison, à la ruelle humide et sombre, à la lumière brusquement aveuglante de la petite place venteuse, aussitôt le coin tourné, suspendue au-dessus de Cagliari qui s'étendait à l'infini. Et aux nuits bleutées, et à la lune et aux étoiles qu'on voyait depuis les fenêtres des comtesses, plus brillantes que partout ailleurs.

La nounou était veuve à présent, et sa santé n'était pas bonne. La maison où elle avait vécu après son mariage était au nom des enfants de son mari et ils l'avaient vendue. Et celle de ses parents, chez qui elle vivait avant d'être placée, était maintenant occupée par son neveu Elias et son frère, et la famille de ce dernier. Elias était gentil, mais il devait aider son frère pour la terre et les bêtes, et il avait aussi sa petite entreprise de construction à faire marcher. Il ne pouvait pas, en plus, s'occuper d'elle.

C'est ainsi que la comtesse de Ricotta a décidé de faire revenir la nounou à Cagliari, chez elle.

Noemi a tenté de l'en dissuader, gentiment d'abord. Elle lui disait de réfléchir. La nounou vieillissait. Et si elle tombait malade ? Si la situation devenait pesante ? Et qu'elle n'arrive pas à la gérer, toute comtesse de Ricotta qu'elle était ? Lui demander alors de partir, ne serait-ce pas pire que lui dire dès maintenant de ne pas venir ? Avait-elle oublié le caractère de leur nounou, qui les faisait marcher à la baguette ? Et puis, la nounou, tout compte fait, il y avait bien longtemps que ce n'était plus leur affaire.

Noemi lui a même rappelé les prières que faisait la gouvernante quand elle n'en pouvait plus de la voir toujours tout faire de travers : « *Gesù Cristo mio, si da dèppis lassai aici, liandèdda !* » Autrement dit : « Doux Jésus, si tu dois la laisser comme ça, reprends-la ! »

Mais rien à faire. La comtesse haussait les épaules et disait qu'elle en avait assez de tous ces gens qui réfléchissent. Et Noemi a cessé de lui parler quand elle la croisait dans l'escalier, et même s'est mise à fermer les fenêtres aussitôt qu'elle la voyait.

Pour finir, Noemi s'est raccrochée à l'argument de leur pauvreté. Et l'argent ? La nounou avait sa pension, mais on sait bien qu'il y a toujours un moment où les vieux ont besoin de soins qui coûtent cher. Comment feraient-elles, elles qui devaient compter chaque centime ?

Point par point, la comtesse répliquait. La pauvreté. Noemi voulait en voir, des vrais pauvres ? Et elle ouvrait grand les fenêtres sur la rue où l'on voyait sécher du linge qui avait plutôt l'air de chiffons pour les épouvantails.

Car le quartier de Castello, à Cagliari, est encore un endroit où pauvres et riches, intellectuels et ignorants habitent les mêmes immeubles, et il est facile de voir comment les autres vivent car les rues sont étroites et les gens se parlent d'une fenêtre à l'autre, d'une porte à l'autre, on entend tout, surtout l'été, quand on ouvre à cause de la chaleur. Ceux qui habitent en sous-sol ne ferment jamais, même quand il fait froid, et on sent l'odeur de moisi mêlée à celle de la lessive parce qu'ils font sécher à l'intérieur, on sent les odeurs de cuisine et on sait ce qu'ils mangent, et les gens vous proposent toujours d'entrer et de partager.

La comtesse de Ricotta a beau nier leur pauvreté, le moment où ses sœurs se réunissent pour faire les comptes est un moment difficile pour elle, car elle n'a pas de travail fixe. Salvatore, qui est employé de banque, paie le crédit du rachat de l'étage noble où il habite avec Maddalena. Elle, a soutenu sa thèse avec les félicitations du jury mais fait de la couture et cuisine, surtout des gâteaux, pour un restaurant de Castello, chez elle et sans horaires, pour ne pas se fatiguer au cas où elle tomberait enceinte.

La comtesse de Ricotta est enseignante, mais elle n'arrive jamais à terminer un remplacement. Elle n'aime pas l'école, elle y étouffe et rentre toute pâle en disant qu'il y a trop de poussière dans les salles de classe et trop d'élèves, qu'elle leur explique plein de choses mais que ça ne les intéresse pas, alors ils commencent à faire des blagues et à se moquer d'elle, ils lui lancent des boulettes en papier pendant qu'elle écrit au tableau, ou bien il y en a un qui imite des cris d'animaux et elle ne sait jamais qui c'est. Au lycée, c'était Maddalena qui lui faisait ses devoirs, et à l'université ses exposés, et elle l'a même fait réviser pour les concours, mais la comtesse, chaque fois qu'elle doit passer un concours, a une crise de panique, son cœur bat la chamade et ses jambes tremblent, au lieu d'aller à l'examen, elle déambule à travers la ville puis rentre en traînant les pieds, la tête encore plus penchée sur le côté. Ensuite elle ment, elle dit qu'elle a échoué ou que le concours est ajourné, et Maddalena la croit mais pas Noemi, qui va vérifier au rectorat, où elle découvre la vérité, et revient en disant que si elle continue comme ça jamais elle n'arrivera à rien. Mais Maddalena prend sa défense : « Et alors ? Ça n'est jamais qu'un examen ! »

Certes, la philosophie de Maddalena est un peu sommaire. Quel que soit le problème, elle dit : « Et alors ? » Que la maison soit envahie de fourmis ou de blattes, ou que le plafond tombe, c'est toujours « et alors ? » Et elle attend que Noemi appelle les services de désinfection ou les maçons. Car Noemi ne néglige jamais rien, elle veut toujours savoir exactement où en sont les choses et résoudre tous les problèmes. C'est peut-être parce qu'elle est magistrate. Elle a racheté l'appartement numéro huit, et elle aide la comtesse et Carlino. Elle n'en parle pas, mais elle n'est sûrement pas heureuse d'être restée vieille fille. Quand elle était plus jeune et qu'elle devait se rendre à des séminaires, Maddalena lui cousait de nouvelles robes, et si elle ne le savait qu'au dernier moment, elle restait debout toute la nuit pour finir à temps. Sauf qu'il ne se passait jamais rien, les avocats et les juges ne parlaient avec Noemi que de culpabilité et d'innocence.

Ses sœurs n'aiment pas l'imaginer seule dans le grand lit d'un de ces hôtels cinq étoiles où se réunissent en congrès tous ces spécialistes du droit, et le matin du départ, même s'il est très tôt, elles l'accompagnent jusqu'à la petite place derrière la maison, et elles s'assoient toutes les trois sur un banc pour regarder la mer, les étangs, la Selle du Diable, le mont Urpinu dans la lumière rose de l'aube, et tant de beauté leur font penser qu'il pourrait se passer quelque chose, que Noemi pourrait revenir fiancée. Mais elles ne le disent pas. On ne dit pas ce genre de choses à Noemi. Et quand elle revient avec des sacs remplis de savonnettes, shampooing, petits pots de confiture et miel, savates en éponge et sets de couture, elles se réjouissent de ces économies sans poser de questions. Si Noemi a trouvé dans les jardins de l'hôtel des fleurs qu'elles n'ont pas encore, elle en rapporte des graines pour les semer dans leur jardin, le vrai, loin de la plate-bande de l'injustice. Et ça pousse.

4

Quand la gouvernante est arrivée, voyant l'état de ce qu'il restait du palais, elle a proposé son neveu Elias pour les travaux de maçonnerie.

Elias a toujours aimé travailler en ville, et puis il leur ferait un prix.

Sa tante s'inquiète pour lui parce qu'il ne pense pas à se marier. Même quand il est mort de fatigue, s'il veut trouver un peu d'affection, il ferait mieux de bien s'habiller, de se parfumer et de sortir pour en chercher. Mais sa vie sentimentale se résume à des histoires avec des filles trop jeunes rencontrées ici ou là, qui ne tardent pas à disparaître dans le néant. Pauvre Elias.

Quand les sœurs veulent discuter de choses importantes, s'il n'y a pas de vent et s'il ne pleut pas, elles vont à la plage du Poetto, une plage immense où le sable est blanc et fin.

Tôt le matin, quand il n'y a personne et qu'il a plu les jours précédents ou après le mistral, tout est limpide et les couleurs sont vives, on sent une délicieuse odeur de poisson frais, l'air a la gaieté des tables dressées et des vacances. Ces jours-là, les sœurs marchent dans l'eau cristalline, et les vagues caressent leurs chevilles.

La venue d'Elias est maintenant le principal sujet de conversation, remplaçant les autres projets, comme celui de racheter les appartements vendus.

Ses sœurs disent à Noemi qu'ils vont peut-être tomber amoureux, tous les deux. Noemi se met en colère, qu'on ne l'embête pas avec ça, l'amour elle n'y pense pas, ses sœurs ont toujours des rêves si puérils. N'ont-elles donc pas entendu ce que la nounou a dit, qu'Elias ne s'intéresse qu'aux jeunes ? À l'âge d'Elias, les hommes n'ont d'yeux que pour les jeunes filles, jamais pour les femmes de leur âge ; déjà bien s'ils gardent les épouses qu'ils se sont choisies il y a longtemps. Alors pensez, un homme qui ne s'est jamais marié... Les hommes de l'âge d'Elias peuvent encore avoir des enfants, et s'ils décident sur le tard de fonder une famille, ils ne vont pas aller chercher une vieille fille qui ne peut plus en avoir ou qui leur fera un mongolien.

Et la comtesse dit : « Assez de tous ces gens qui réfléchissent ! » Et Maddalena : « L'âge ne veut rien dire. Il y a des femmes plus jeunes que toi qui n'arrivent pas à avoir d'enfant ! »

Mais laissons tomber toutes ces bêtises, ce que Noemi veut c'est que les travaux commencent et qu'elles économisent sur la main-d'œuvre, pour redevenir ce qu'elles étaient, au lieu des pauvresses qu'elles sont aujourd'hui.

Noemi habite au dernier étage et son appartement impressionne tant il est élégant, tout en stucs, fresques aux plafonds, sols recouverts des précieux carrelages estampillés Giustiniani.

Elle a hérité de la salle à manger, des chaises et des divans tapissés de velours, et des deux grands buffets marquetés à colonnes renfermant de précieux services en porcelaine dont le plus beau, à dessins d'argent, est un de ceux qui avaient calmé le roi. Sur une longue table, des chandeliers en argent massif, et au plafond, un lustre aux branches ornées de pampilles en cristal. Même sa salle de bains est digne d'une princesse, avec une baignoire en céramique sur pieds de cuivre, des objets de toilette en argent posés sur le lavabo, un plafond où des angelots peints lavent leur derrière nu dans de petits lacs.

Mais tout cela reste caché. Un musée fermé au public.

Car Noemi n'utilise que le petit cabinet avec douche, et n'entre dans la grande salle de bains que pour y faire le ménage, s'acharnant sur les taches noires des pieds en cuivre de la baignoire et des objets en argent. La salle à manger est noyée sous les couvertures, vieux draps et morceaux de tissu, tandis que son trousseau de nappes et napperons brodés moisit et jaunit, enfermé dans des coffres en bois gravé sur pattes de lion. Les volets restent fermés, pour que la lumière n'abîme pas ce qu'il est impossible de recouvrir : les vases, les tableaux ou les bibelots exposés, ou encore la vaisselle à l'intérieur des buffets, uniquement protégée par des vitres transparentes.

L'obsession de Noemi est de conserver intact le souvenir de leur ancienne richesse, et d'épargner pour la reconquérir. Chez elle, elle ne porte que des vieux vêtements. Elle ne va pas chez le coiffeur et ses cheveux sont mal coupés. Elle est mince, parce qu'elle mange peu. L'hiver, elle n'allume pas les poêles et reste assise dans son appartement glacé à se nourrir de rien. C'est peut-être cette manie de tout conserver qui l'a rendue constipée, elle est toujours à la recherche de nouveaux laxatifs et a mis au point un cérémonial consistant à boire à jeun du petit-lait ou de l'eau chaude avec des ferments et du miel, tout en marchant de long en large pieds nus sur le carrelage.

Noemi ne fait rien au hasard. Elle est très forte pour comprendre ce qui s'est passé et ce qui se passera, non par magie mais parce qu'elle a la « vision systémique ». Aussi, quand elle expose en famille les erreurs de leurs ancêtres ayant entraîné la ruine du patrimoine et son plan d'action pour le récupérer, et qu'elle secoue la tête quand les autres donnent leur avis, c'est toujours elle, pour finir, qui a raison.

À force de la voir secouer la tête et de s'entendre dire qu'elle n'a pas la vision systémique, la comtesse de Ricotta est allée regarder dans le dictionnaire, où elle a lu que par système on entend un ensemble organisé d'éléments. Elle en a été troublée : avoir la vision systémique voudrait donc dire organiser les choses, les mettre dans un ordre, établir l'enchaînement des causes et des effets. Or, elle, elle cherche toujours dans les discussions avec sa sœur les détails qui y échappent et les lui énumère à plaisir. Et c'est justement ça que Noemi ne supporte pas.

5

Maintenant qu'Elias s'est installé avec sa petite entreprise et a commencé la réfection de la façade intérieure du palais, Noemi est constamment là pour contrôler. Afin d'économiser, elle repeint elle-même certaines fenêtres et grimpe sur les corniches pour arranger les gouttières. Elle a l'air d'une folle. Ou alors, si on y réfléchit, d'un oiseau en train de faire son nid.

On le sait, elle ne vit que pour restaurer la demeure familiale qui s'écroule et pouvoir racheter, un jour, les appartements deux, quatre, cinq, six et sept. Mais elles sont trop pauvres, ou plutôt, pas assez riches pour faire tous les travaux et elles procèdent par petits bouts, mais à peine en ont-elles remis un en état qu'un autre tombe.

Les comtesses n'avaient pas revu Elias depuis son enfance, et elles se le rappelaient noiraud, balourd et désagréable. Alors qu'il a le teint clair, de fines mains de pianiste, même si elles sont calleuses, et un regard plein de joie de vivre, sans une ombre.

Noemi s'est liée d'amitié avec lui. Il lui est sympathique parce qu'il reste au-delà des heures de travail, suspendu à l'échafaudage, pour finir de peindre une fenêtre ou passer de l'enduit. Et voilà comment ils sont devenus amis.

« Pourquoi vous ne vendez pas, a-t-il hurlé depuis l'échafaudage, et vous allez tous vous installer dans un bel immeuble neuf avec ascenseur et garage ? »

Elle, qui examinait les stucs de la salle à manger où jamais personne ne mange, s'est retournée brusquement et s'est penchée à la fenêtre pour le convaincre de la valeur de l'ancien, du devoir de tout un chacun de préserver la Cagliari d'autrefois, bien maltraitée par les bombardements mais toujours aussi magnifique. S'est-il déjà demandé, lui, pourquoi on ne s'y ennuie jamais ? C'est parce que la ville est à la verticale, avec des descentes et des montées, une multitude de points de vue différents, des passages brusques de l'ombre à la lumière, et tellement de variations de couleur selon les vents qu'une vie entière ne suffirait pas à les voir toutes.

« Puisque vous êtes là à m'écouter, vous ne voudriez pas un café ?

– Ma foi, merci. Mettez-le dans un gobelet en carton, je le prendrai ici, sur l'échafaudage. »

Mais elle est revenue avec un plateau et deux petites tasses en porcelaine à motif en argent, précisément celles du service du roi. Elle a posé le plateau sur le rebord et ils ont bu le café dans les nuages.

Il lui a dit qu'elle faisait un joli portrait, encadrée comme ça par la fenêtre, comme ces dames qu'on voit dans les tableaux des musées, un portrait qu'il aurait volontiers emporté. Et puis cette histoire de l'immeuble neuf avec garage, il le disait pour parler. Lui aussi, il a la passion des antiquités.

Depuis, Noemi lui apporte toujours le café sur un plateau, dans la porcelaine à motifs en argent.

Les autres maçons se moquent d'Elias et rigolent, et les habitants des appartements vendus observent de leur fenêtre et y vont de leurs commentaires. Parce que Noemi est plus vieille, et que la situation, qui pourrait sembler poétique, est en fait vaguement ridicule. Dans la famille, en revanche, il est clair qu'on espère qu'Elias et l'aînée des sœurs se fianceront, et l'on n'y voit rien de bizarre, et encore moins de ridicule.

Mais l'autre jour il s'est produit un incident regrettable. Elias était peut-être gêné de se sentir observé par ses camarades de travail, et par les gens aux fenêtres. Il a laissé échapper la tasse, qui s'est brisée en mille morceaux. Noemi a couru dans le jardin pour les ramasser, mais on ne pouvait pas les recoller. Elias, à son tour, s'est précipité en bas de l'échafaudage.

« Ce n'est rien. Ce n'est rien », disait Noemi, et ses mains et ses lèvres tremblaient.

Fini la cérémonie du café. Fermeture des fenêtres sur l'échafaudage.

« Une tasse ! continue de dire Maddalena. Et alors ? »

Elias était mortifié. Il sait ce que ça veut dire, être attaché à un objet. Cela fait des années qu'il cherche de la vaisselle ancienne ayant servi sur les tables des nobles, depuis qu'il a vu le service que les comtesses ont offert à sa tante quand elle s'est mariée.

Il a rassemblé une collection magnifique, si importante qu'il n'a plus assez de place chez lui au village et qu'il a dû entreposer des caisses dans la chambre de sa tante. Ainsi la chambre de la gouvernante est devenue un musée de la vaisselle dont Elias connaît toute l'histoire.

Après l'épisode de la tasse, Elias a montré sa collection à Noemi et lui a dit de prendre ce qu'elle voulait. Il lui a raconté qu'avec de la chance, on en trouve, de cette vaisselle, et que souvent les gens à qui il l'achète sont persuadés que ce sont d'affreuses vieilleries.

Une des plus belles pièces est un saladier en faïence de Savone à motifs de fleurs roses et bleues avec réparation d'époque faite par un *acconciacossius*, un raccommodeur de porcelaine.

Il y a aussi une *fiammenghilla* de la fin du XVIIIe qui vient d'Albissola Superiore, une céramique travaillée à l'éponge de mer avec décor peint à la main. Elles étaient très rares, ces *fiammenghille*, un genre de plat ovale où on servait le poisson grillé sur des braises de bois odorant, accompagné de ciste et de lentisque. Seule la bourgeoisie en possédait, et grâce aux liens avec la Ligurie et le Piémont datant du royaume de Sardaigne, on en trouve à Cagliari.

Puis il a montré à Noemi des plats votifs de Cerreto Sannita, du XVIIIe siècle, de tradition romaine, en majolique, blanc bleuté à motif unique exécuté à la main. Il en possède deux, un ovale et un rond. Ce fut une sacrée chance d'en trouver d'aussi grands, en général ils sont petits.

Parmi les pièces de valeur, Elias a aussi des majoliques de l'école campanienne, quand Ariano Irpino travaillait pour les Bourbons. Il en possède une bonne quarantaine, et il a dit à Noemi qu'elle pouvait toutes les prendre.

Mais les plus précieuses sont les plats commémoratifs, qui évoquent les batailles d'Afrique de la fin du

XIXe siècle ou l'Unité italienne, avec des inscriptions telles que *La guerra è vinta* ou *Italia libera e forte*[1].

Noemi regardait, et elle l'écoutait avec admiration, mais elle n'a accepté aucune de ces pièces en compensation, concédant que certes, elles sont précieuses, mais que ce n'est rien comparé au service à café de la manufacture Giuseppe Besio dont Elias a cassé une tasse. Non pas parce qu'il avait calmé le roi à l'époque de Napoléon, mais parce qu'il était complet, douze pièces, et maintenant il n'y en a plus que onze. Un système auquel il manque un élément n'a plus aucune valeur.

La gouvernante elle aussi est inconsolable, elle passe son temps à blâmer Elias et à pleurer la tasse. Elles entrent toutes les deux dans la salle à manger sur la pointe des pieds, Noemi et elle, elles écartent un peu les volets, ouvrent le grand buffet à colonnes et se lamentent devant la soucoupe vide. Puis elles se mettent à disserter sur la finesse des porcelaines de la manufacture Ginori di Doccia, dont les comtesses ont hérité soupières, légumiers, moutardiers, coupes à fruits, chocolatières et saucières, avant de refermer les volets et de sortir sur la pointe des pieds.

Ce que Noemi et la nounou ne digèrent pas, c'est que ce malheur soit arrivé au moment même où cette dernière avait enfin réussi à faire partir les taches jaunes sur les nappes et les taches noires sur les pieds de la baignoire. Tout était parfait, et cette tasse brisée vient tout gâcher.

---

1. « La guerre est gagnée », « Italie libre et forte ».

6

Pour la comtesse de Ricotta, de tous les jours de la semaine, le dimanche est le plus difficile.

« Maman, fais la tête *rigalote*! » dit Carlino dès son réveil.

Mais comment faire la tête rigolote un dimanche, quand jamais personne ne vous invite. Et quand ceux qui par hasard le font ne recommencent jamais.

S'ils vont au jardin public, Carlino part tout de suite en sautillant pour rejoindre les autres enfants. Mais ils ne veulent pas de lui.

L'été, c'est pire. Avec cette mer magnifique qu'il y a en Sardaigne, on ne peut pas garder un enfant à la maison. Salvatore, Maddalena et Noemi apprécient leur compagnie, bien sûr, ou du moins la supportent, mais ça manque d'enfants et de papas, et Carlino voudrait bien des papas et d'autres enfants car il n'aime que les vraies familles.

Ceux qui ont rencontré la comtesse et son fils à la plage savent que Carlino, aussitôt arrivé, file se jeter tout habillé dans l'eau. Sa maman court derrière lui pour ôter ses socquettes et son tricot de corps trempés et lui faire mettre son maillot de bain. Un enfant pose un jouet sur le sable, et Carlino aussitôt s'approche. Ou bien il repère un papa qui porte son fils à califourchon, et il essaie de sauter sur son dos lui aussi.

Quand une personne s'intéresse à eux, elle demande s'il a un père. Ne voit-elle pas comment il se colle à ceux des autres, comment il leur saute au cou ?

Bien sûr qu'il a un père, répond la comtesse, il le voit deux fois par semaine, pour ses leçons de piano. Des leçons de piano ? Si petit ? Elle devrait avoir un fiancé. Ça ne doit pas être difficile de trouver un autre papa pour Carlino, il suffit de le vouloir, ça se trouve un fiancé.

Des enfants agitent leurs brassards, petites ailes de caoutchouc, puis se prennent par la main et s'élancent.

Carlino se précipite vers eux : « Moi aussi je veux faire le poisson volant ! Moi aussi je veux avoir des ailes ! » Mais les autres se sauvent.

La comtesse voudrait rentrer mais c'est impossible, il faut tenir.

Les autres mères s'enduisent de crème solaire et se reposent sur des chaises longues pendant que leurs enfants, après le bain, mangent tranquillement à l'abri sous leurs peignoirs. Ils s'installent loin de Carlino. Mais ce petit être couvert de sable, de sel et de pépins de tomate ne les laisse pas tranquilles, il vient détruire les châteaux qu'ils sont en train de construire. Leurs mamans accourent.

« Pourquoi fais-tu ça ? Hein ? »

Alors, à quoi bon les sentiers entre les murets de pierre sèche enfouis sous le maquis, le silence, hormis les grillons et les cigales, les plages bleu et or où s'étendre et regarder les vagues venir vous lécher les pieds, les routes qui se serrent contre les falaises à pic, la mer à l'infini ? Et les collines aux roches basses, aux récifs argentés comme des cratères de lune où s'ouvrent des piscines naturelles débordant de sable, et la mer qui est toujours belle, menaçante quand les vagues rugissent et se gonflent pour s'abattre avec fracas, douce quand elle vous accueille en elle sans frémir, à quoi ça sert, quand on est si triste ? À rien.

Mais c'est par une de ces journées que Carlino avait soudain reconnu le voisin. Le petit être couvert de sable, de sel et de pépins de tomate était là, et tous l'évitaient, quand un groupe de messieurs, des pères peut-être, laissant les dames à leurs chaises longues et les enfants à leurs châteaux de sable, s'étaient rassemblés sur le rivage et, accrochés les uns aux autres par les jambes et les corps, avaient formé un long serpent. « Un ! » et la descente vers l'eau avait commencé. « Deux ! » et la vitesse augmentait. « Trois ! » et une montagne d'eau s'était soulevée, et toutes les têtes du serpent avaient plongé dans la mer au milieu d'un tumulte d'éclaboussures. Carlino avait tout planté là pour rejoindre le monstre magique des têtes de papas qui riaient.

« Va-t-en, petit con ! » avaient hurlé les têtes. Mais l'une d'elles avait crié : « C'est mon petit voisin ! » Alors Carlino était monté sur le grand serpent, et il avait pu voguer sur les flots et chevaucher le dragon magique. Et, pour la première fois peut-être, la mer l'avait accueilli, ce petit poisson perdu sur le rivage.

Aussi, quand Carlino a reconnu le voisin de l'autre côté du mur du jardin, il a appelé sa maman. La comtesse est accourue aussitôt et s'est penchée par-dessus. Puis ils se sont assis à califourchon sur le mur, la mère et l'enfant, et ils lui ont tendu la main.

L'automne est arrivé, et le voisin ne les a pas invités chez lui. Mais quand il est dans son jardin et qu'ils le voient et l'appellent, il vient bavarder avec eux.

Noemi ne perd jamais l'occasion de dire qu'elle ne le supporte pas, ce type, avec son jardin plein de mauvaises herbes. En plus, il ne les invite jamais, il les tient à distance, comme s'il avait en main une de ces longues cannes qui servent à cueillir les figues de Barbarie. Pourtant son idiote de sœur et son fils continuent de se pencher tout excités par-dessus le mur.

Pour Carlino, ça a été difficile dès le début.

Le jour où il est né, sa mère a entendu un grand remue-ménage monter de la pouponnière de l'hôpital. « Pourquoi avec tous ces bébés, ça devrait être le mien ? » se disait-elle, mais elle savait que c'était le sien, et elle avait raison. L'instant d'avant, elle était heureuse, un bonheur merveilleux, jamais éprouvé. De son corps, de cette masse informe de ricotta, un être humain était sorti. Incroyable. On lui avait pourtant bien dit que, depuis que le monde est monde, toutes les femmes accouchent, mais elle ne croyait pas être comme les autres. Elle était faite de ricotta, elle, pas de chair et d'os.

Enfilant un manteau sur sa chemise de nuit, elle s'était précipitée à la pouponnière, où elle s'était présentée comme la maman du bébé malade. Noemi était venue tout de suite et avait déclaré : « l'enfant vivra », de ce ton de sœur aînée qui possède la vision systémique. Et la comtesse l'avait crue. Et Noemi avait raison. Après une semaine dans le secteur pédiatrique, le bébé était hors de danger et ils avaient pu rentrer chez eux. Maddalena était la marraine, elle avait adoré son filleul les premiers temps, mais après elle avait semblé l'aimer un peu moins.

Carlino n'était pas comme les comtesses se l'étaient imaginé, un petit bout de chou qui ferait leur bonheur. Elles non plus, cela dit, ne semblaient pas faire son bonheur, puisqu'il voulait toujours s'échapper et qu'il fallait fermer portes et fenêtres, car en un instant il avait gagné le rebord, le balcon ou la porte d'entrée et avait déjà filé. Ce n'était pas agréable, d'être avec Carlino. Il n'avait pas de ces raisonnements d'enfant qui font tant rire les grandes personnes, et il ne se tenait jamais tranquille, même la nuit. Quand la comtesse sortait avec un fiancé et qu'elle le laissait à Maddalena et Salvatore, il voulait une grande cuillère en bois pour s'endormir, et il criait et se débattait pendant son sommeil. Maddalena elle-même, malgré tout son désir d'enfant, quand sa sœur montait au premier avec Carlino et sonnait à sa porte, faisait, quelquefois, semblant d'être absente et n'ouvrait pas. Ils auraient fait n'importe quoi pour rendre leur neveu heureux, mais cet enfant avait une façon bien à lui d'être malheureux, et on n'y pouvait rien. Même le prendre en photo n'était pas un plaisir, avec ces yeux qui louchaient et ces gros verres correcteurs qui le faisaient ressembler à un plongeur. Seule Noemi gardait une photo de Carlino dans son portefeuille, et elle la montrait avec désinvolture, presque avec fierté.

Bref, après tous ces mois d'attente, s'habituer à ce petit être bizarre, qui n'avait pu sortir que du ventre de ricotta de la comtesse, n'avait pas été facile.

Sa maman le sent bien, que son enfant les barbe tous. De la même manière qu'elle aussi les barbe. Plus ils s'approchent, même avec les meilleures intentions, plus elle les entend soupirer.

Peler comme il faut les tomates pour la sauce, hacher les oignons, coudre un ourlet ou fixer un bouton, ne pas interrompre les autres quand ils parlent pour demander des explications, et même démouler sans l'abîmer la délicieuse tarte à la ricotta, rien n'était aussi difficile que de ne pas entendre ces soupirs.

À la même époque sans doute que Carlino était né Micriou, si petit qu'il tenait dans la main. Maddalena l'avait trouvé près d'une benne à ordures, il miaulait d'une drôle de façon, tout doucement, en la regardant fixement dans les yeux. Et brusquement il avait sauté sur son épaule et s'était frotté contre sa joue. Elle avait été conquise, et pas le moins du monde dégoûtée par ce chat errant qui avait peut-être la gale.

Maddalena et Salvatore pensent que Micriou est le chat le plus intelligent du monde, parce qu'il vous fixe dans les yeux et comprend tout, et le plus poli du monde, car si on lui donne ce qu'il veut, il ronronne et se frotte comme pour se confondre en remerciements. Ils disent aussi qu'il est devin, parce que s'ils ont un doute sur telle ou telle chose à faire, Micriou crache s'il n'est pas d'accord, et il saute sur votre épaule et se frotte s'il approuve.

Micriou n'est plus un pauvre chat qui ne possède que ses rayures, il a plein de jouets, une corbeille et une caisse toujours propres, et surtout beaucoup à manger. Il pèse six kilos.

Mais comme il est très intelligent, quand Maddalena lui dit : « Micriiiou ! Micriiiou ! Viens voir maman ! », il ne comprend pas. Il doit sûrement se souvenir que sa maman était une chatte et pas une dame.

7

Le père de Carlino, quand la comtesse lui annonça toute contente qu'elle était enceinte, éclata en sanglots.

La comtesse en eut une grande peine mais assura que ça ne faisait rien, qu'il ne s'inquiète pas, inutile de reconnaître l'enfant, ou de l'épouser ou de vivre ensemble, de toute façon il y avait Noemi, Salvatore et Maddalena, et à quatre adultes ça ne serait pas un problème de s'occuper d'un bébé.

Rassuré, il avait reconnu Carlino, mais après l'annonce et les larmes, il ne voulut plus jamais refaire l'amour avec la maman.

Difficile de dire si la comtesse est jolie, peut-être pas. Elle est mal fagotée. Ça désole Maddalena, qui coud très bien et s'efforce d'habiller sa sœur. Elle la garde longtemps debout pour prendre ses mesures et réaliser un patron parfait avec du papier de soie et des épingles. La robe finie est superbe, mais sur la comtesse, qui la porte avec des chaussures informes, toute cette perfection disparaît, ça devient une robe de pauvresse à qui on aurait envie de faire l'aumône. Alors la comtesse donne la robe à Noemi, plutôt qu'à Maddalena qui est bien en chair et n'a pas la même taille. Maddalena ne s'avoue pas vaincue, elle veut tenter un autre modèle et ressort bientôt sa boîte à couture pleine de fils de toutes les couleurs, d'épingles et d'aiguilles, et la torture recommence.

Même mal fagotée, la comtesse a toujours des amoureux. Sauf qu'on a à peine le temps de faire leur connaissance qu'on la retrouve déjà en boule au fond de son lit, à pleurer. Salvatore et Maddalena, et maintenant aussi la gouvernante, viennent s'asseoir près d'elle, avec Carlino, jusqu'à ce que de la boule sous les couvertures sorte une main, qu'ils caressent, ou un pied, que l'enfant chatouille, et la comtesse se met à rire. C'est là qu'intervient Salvatore, avec des banalités du genre « une porte qui se ferme, c'est une autre qui s'ouvre » ou « pour toi, le meilleur est encore à venir », mais dit par lui, en qui elle a une confiance aveugle, ça marche.

La comtesse finit par se lever et dire qu'il faut qu'elle s'arrange un peu pour aller travailler, voir au rectorat s'il y a des remplacements.

Le père de Carlino vient le prendre deux fois par semaine, l'après-midi, et l'emmène chez lui, où un professeur donne au père et au fils des leçons de piano.

Il n'est pas pianiste, son métier n'a rien à voir avec la musique, mais il en a toujours rêvé, depuis tout petit. Alors, dès qu'il a gagné un peu d'argent, il a pris des cours et s'est acheté un Steinway, et maintenant il continue les leçons avec son fils.

Le père de Carlino se confie à Maddalena et à la gouvernante. Il leur dit que lui, son fils, il le trouve stupide. Et pas seulement parce qu'à cinq ans il ne sait toujours pas parler correctement, mais pour tout. Sauf le piano. Quand ils jouent du piano ensemble, le petit joue bien, on dirait presque un enfant normal et il serait presque content de l'avoir eu.

Ce n'est pas le genre de chose qu'il raconterait à Noemi, et Maddalena s'est bien gardée d'en parler à sa sœur aînée, mais c'est comme si Noemi avait tout entendu car elle l'a répété mot pour mot. Sur ce, elle l'a jugé et condamné, et pour finir n'a plus dit bonjour au père de Carlino.

La comtesse lui trouve toujours des excuses. Le pauvre, il ne voulait pas d'enfant, il le lui avait bien dit. Et pour réparer le tort que lui ont causé ces courtes fiançailles avec elle, une femme de ricotta, elle passe son temps à lui offrir des meubles et des bibelots venus de son héritage. Et chez elle c'est de plus en plus vide et désolé, et chaque fois avec Noemi recommencent les raisonnements, et les portes et les fenêtres fermées au nez, parce que la comtesse de Ricotta aime ce qui est désolé et misérable et n'aime pas ce qui est riche.

La comtesse, elle, se plaît avec les gitans. Elle est devenue l'amie d'Angelica, une gitane qui a un petit garçon, Antonio, le seul qui veuille bien jouer avec Carlino. Noemi dit qu'ils sont voleurs et sales, mais c'est tout le contraire ; en tout cas, Angelica et le petit Antonio sont propres et parfumés. C'est la comtesse elle-même qui leur fournit le shampooing et le gel douche, et elle n'a jamais constaté que quelque chose manquait chez elle après leur passage. Noemi dit aussi qu'ils sont menteurs, et c'est vrai, mais la comtesse lui explique qu'ils ont un code de conduite différent, une philosophie de la vie différente, et que pour eux les mensonges n'ont pas la même valeur que pour nous.

Comme toutes les gitanes, Angelica lit l'avenir. Elle annonce qu'un jour la comtesse volera dans le ciel.

Tout le monde est impressionné, parce qu'on sait bien que pour la comtesse la seule façon possible de voler serait de sauter par la fenêtre ou du haut du Bastion de Saint-Rémy.

8

Elias est monté sur l'échafaudage qui sert de balcon à Noemi. Comme Roméo sur le balcon de Juliette.

« J'ai escaladé ces murs sur les ailes légères de l'amour, car les limites de pierre ne sauraient arrêter l'amour, et ce que l'amour peut faire, il ose le tenter, a-t-il murmuré par la fente des volets fermés. L'amour, un enfant délicat ? Il est brutal, rude, violent, il écorche comme l'épine. »

Noemi n'a pas résisté, elle a ouvert la fenêtre pour demander comment il connaissait Shakespeare. Alors Elias lui a raconté quand il allait au lycée, que sa famille faisait d'énormes sacrifices et qu'il se levait à quatre heures du matin pour prendre le car vers Cagliari et le Dettori, le lycée le plus dur de toute la Sardaigne. Et il était bon élève, modestie à part. Mais ses camarades de classe étaient des salauds, ils se moquaient de lui et disaient qu'il sentait le fromage de brebis, alors qu'il se lavait plus souvent qu'eux. Et puis ses parents, des criminels, l'avaient appelé Elias. Ils n'auraient pas pu choisir un prénom normal ? Si bien qu'il avait abandonné ses études. Mais ce qu'il a appris, jusqu'en première, il ne l'a jamais oublié. Il aurait bien aimé être vétérinaire, mais il ne faut pas rêver. Ou peut-être faire agronomie ou architecture. Bref. C'est comme ça. Finalement, vétérinaire, il l'est, et agronome aussi, puisqu'il s'occupe du bétail et des terres de son frère. Et un peu architecte aussi : quand on lui demande des restaurations, avant de commencer les travaux il donne toujours son avis.

Qu'Elias courtise Noemi plaît beaucoup aux comtesses. Ce qui leur plaît moins, c'est que c'est un communiste à l'ancienne. Dès qu'on parle de ce qui ne va pas en ville, des erreurs qui sont faites, il enverrait tout de suite les gens au bagne. Pourtant il lit des magazines comme *Réussir*, et il rentre tard au village parce qu'il est allé faire un tour en ville, regarder les cravates, les chaussures et les costumes griffés dans les vitrines. Ce qui plaît aux comtesses, c'est que les chaussures, après, il les met dans du papier de soie pour ne pas les abîmer.

Mais elles n'aiment pas ses pantalons taille basse ni son parfum trop fort, ni qu'il se retourne sur toutes les jeunes filles.

Au début, elles s'inquiétaient des idées rigides qu'Elias, fils de berger sarde, avait sûrement concernant les relations amoureuses. Qu'arriverait-il si Noemi ne voulait plus de lui ? Mais c'est l'inverse à présent qui les inquiète. Il vaudrait mieux que les idées d'Elias soient plus traditionnelles, quand on voit toutes ces femmes qui lui tournent autour, attirées peut-être par ce personnage qui brouille les cartes, avec ses mains de pianiste, en tout cas pas de berger, et son teint clair, son regard pur, ses traits délicats.

Noemi ne sait pas si c'est elle qui lui plaît ou le fait qu'elle soit noble, et cette obsession qu'il a pour la vaisselle ancienne des tables des riches ne plaide pas en faveur d'une attirance désintéressée. Surtout, ce qui éveille ses soupçons, c'est qu'ils ont, son frère et lui, un procès en cours pour une histoire de fenêtres qu'on ne les laisse pas percer sur une cour mitoyenne, et une fiancée magistrate ça peut toujours servir.

De son côté, Elias n'apprécie bien sûr pas tout de Noemi. Non qu'il la trouve laide, mais elle lui paraît trop grande, maigre et sévère, ses cheveux sont trop noirs et ses vêtements trop sombres et trop raides, sans couleurs ni plis ni fronces ni décolletés. Il voudrait lui dire de s'habiller autrement, mais il songe que Noemi doit savoir ce qui est élégant, alors il se tait.

Il n'aime pas non plus quand Noemi prétend lui apprendre à s'habiller ou qu'elle l'énerve, avec ses fixations sur l'alimentation, et le cholestérol et la glycémie et la tension. Et toutes ces choses délicieuses qu'il lui rapporte de sa campagne, pas moyen qu'elle les mange sans critiquer. Parfois même elle fait des caprices et quitte la table, contrariée, sans avoir touché à la nourriture.

Sans parler de la peine qu'elle lui fait quand il veut lui montrer les merveilles autour de son village et qu'aussitôt elle demande : « C'est loin ? » ou « Ça vaut vraiment le coup ? » Un jour, il a voulu lui montrer les pivoines qui poussent dans un des endroits les plus magiques de l'île. Un chemin grimpe dans la montagne jusqu'à mille mètres, longeant un ruisseau, des cascades, ici et là des tapis de jonquilles, des fougères dans l'ombre des yeuses, des charmes et des ifs. Les verts d'intensité différente et la sauvagerie épineuse des plantes y sont parfois ponctués par des buissons de roses sans épines, aux feuilles larges, tendres et brillantes, aux pétales roses et veloutés. C'était l'automne et en principe elles fleurissent au printemps. Mais elles ont parfois une seconde floraison et on peut, avec beaucoup de chance, en trouver jusqu'au mois d'octobre. Elias a grimpé d'abord tout seul, puis, ravi, sûr qu'il y en aurait, il a convaincu Noemi de l'accompagner. Mais elle a trouvé le trajet pénible, et elle marchait en faisant la tête. Lui, dès qu'il apercevait les fleurs miraculeusement écloses, il se précipitait pour les admirer et l'appelait pour qu'elle vienne voir, mais elle haussait les épaules et disait qu'elle était fatiguée, et n'avait qu'une seule envie, rentrer.

Noemi voudrait savoir pourquoi Elias s'intéresse à elle, et comme, malheureusement, elle pense toujours à mal, la seule raison qu'elle trouve est une attirance d'Elias pour le monde des comtesses. Une sorte de revanche sur la vie qu'il s'est résigné à vivre. Ou pire, ce procès en cours avec les propriétaires de la maison mitoyenne. Noemi se renseigne sur la situation, enquête sur les accords signés au départ, persuadée qu'Elias ne restera avec elle que jusqu'au moment où ils pourront commencer à percer les fenêtres.

Elle s'en ouvre à ses sœurs, qui lui répondent que c'est insensé de penser des choses pareilles, la comtesse ajoutant que le plus important c'est de faire le bien, et qu'elle devrait être heureuse de pouvoir être utile à quelqu'un. Noemi lui ordonne de se taire, elle est déjà bien assez utile à tout le monde, à la comtesse de Ricotta particulièrement, qui se permet de ne pas finir ses remplacements parce qu'elle est trop délicate et que tout la perturbe, depuis le réveil à l'aube jusqu'au nombre d'élèves dans les classes et aux blagues qu'ils lui font. De toute façon, Noemi les entretient, elle et son fils. La comtesse se met à pleurer, sans savoir comment essuyer ses larmes puisqu'elle n'a jamais de mouchoir, en disant que Noemi a raison, si elle pouvait mourir elle ne serait plus une gêne pour personne. Alors Noemi lui tend un mouchoir en l'avertissant qu'elle ferait mieux d'apprendre à se défendre au lieu de pleurnicher, et de ne pas permettre aux gens de se moquer d'elle. Dans la vie tout est bagarre, c'est la lutte pour la survie. Elle n'est pas bonne, elle est paresseuse.

Pourtant, avec Elias, Noemi n'est pas radine, elle lui a même offert quelques meubles de famille pour qu'il les mette chez lui, où il n'a d'ailleurs qu'une seule pièce parce que la plus grande partie de la maison est réservée à son frère, qui est marié.

Elias et Noemi s'observent l'un l'autre comme s'ils étaient de deux espèces différentes, mais les comtesses sont persuadées que ça marchera.

Elles n'aiment guère, cependant, qu'Elias ne joue les fiancés de Noemi qu'à la maison quand personne ne le voit, mais qu'il reste à bonne distance quand ils sortent ensemble, prenant des rendez-vous sur son portable avec des gens à qui il raconte qu'il est avec une amie, magistrate et comtesse.

On l'apprécie quand même, maintenant, dans la famille. Passe ses jeans taille basse et ses chandails brillants, il n'a peut-être pas pu s'exprimer, quand il était jeune, et se sacrifiait pour les besoins de sa famille de bergers. Passe qu'il ne joue les fiancés qu'à la maison. Passe qu'il ait accepté la commode et le lit avec les tables de nuit, et qu'à présent Noemi, comme la comtesse, dorme sur un sommier métallique en posant les lampes de chevet par terre.

Cela fait certainement du bien à Noemi de s'abandonner à ses émotions, ça ne lui était jamais arrivé avant. Elle s'est même fait coudre par Maddalena des vêtements colorés, et il y a eu une multitude d'essayages épuisants pendant lesquels ses sœurs l'étudiaient d'un air solennel. Maddalena découvrait qu'il fallait lui arranger les sourcils à la pince à épiler, cacher les cheveux blancs, que ce n'était pas seulement une question de garde-robe, il fallait aussi un nettoyage de peau pour que son visage soit lumineux. Et puis il fallait penser à la lingerie. Elle ne pouvait tout de même pas se montrer à Elias comme ça.

Pendant la phase de transformation, Noemi se tenait bien droite dans ses robes assemblées au fil à bâtir, comme un soldat au garde-à-vous, attendant les ordres, le visage couvert de masques en tout genre – blanc d'œuf, concombre et autres.

Puis la cérémonie finale, quand Noemi était prête pour Elias. Souriante et rajeunie, elle se regardait dans la glace et se retournait vers la nounou et vers ses sœurs : « C'est moi ? »

Puisque Noemi est devenue presque jolie, au village Elias et elles font l'amour toute la journée et toute la nuit. Mais quand elle rentre, aussitôt passé la porte, elle embrasse toute la famille et dit bien fort, pour que tous entendent : « Enfin à la maison ! Loin de cet endroit nauséabond. De ce silence. Un cauchemar ! »

D'après la tante d'Elias, son neveu aime les femmes mais pas les grandes émotions, par exemple souffrir si

Noemi n'est pas là. Il préfère ne rien ressentir de trop fort, et quand Noemi commence à se plaindre qu'il ne l'aime pas assez, il a très vite du mal à respirer, il étouffe.

« On se quittera, dit Elias.

– Pourquoi ?

– Ça n'est pas pour toujours. Rien n'est pour toujours. »

Elias, quand il dort chez Noemi, va prendre son petit déjeuner très tôt au Caffè De Candia, mais avant, il passe via del Fossario pour contempler Cagliari. Il se dit que la vie est belle et qu'il voudrait l'arrêter. Peut-être même qu'il pense comme Noemi, que la clandestinité a ses lois elle aussi, qu'elle n'évite ni la routine ni l'ennui, mais il ne voit pas de solution. Il se dit qu'il vaut mieux, au fond, se tenir à l'écart des liaisons, à l'écart du système-monde.

Au village, il se sent bien, il est loin mais il sait que deux heures en 4x4 suffisent pour arriver en ville auprès de Noemi.

Il aimerait que tout le monde fasse comme si de rien n'était.

Mais sa tante ne peut pas s'empêcher d'exprimer sa satisfaction, comme s'il avait accompli l'exploit du serf qui a séduit la châtelaine. Chaque fois qu'il part, tôt le matin, ou quand il rentre, tard le soir, comme tous les amants clandestins, elle est là sur le palier, et le matin l'invite à venir petit-déjeuner avec elle de *moddizzosu*[1] grillé et de café au lait ou de gâteaux sardes. Mais Elias préfère petit-déjeuner au Caffè De Candia.

---

1. Pain moelleux ovale enrichi de pommes de terre et de ricotta.

Enfant, il rêvait d'épouser une des petites comtesses chez qui sa tante travaillait. Elles arrivaient au village avec leur gouvernante et leur père. La mère, on ne la voyait jamais.

Il les avait revues jeunes filles, quand sa tante s'était mariée, mais de ce jour-là il se rappelle seulement l'effet que lui avait fait leur cadeau de noces, un service à café étincelant : le plateau, la cafetière, le pot à lait, le sucrier, et puis les tasses et les soucoupes ciselées d'argent et d'or, et d'un bleu pareil au manteau de la Vierge dans les tableaux du Quattrocento.

9

Carlino, même s'il louche et porte ces drôles de lunettes de plongeur, n'est pas vilain. Il écorche les mots et souvent bégaie, mais il n'est pas idiot. Depuis qu'il a découvert qu'une des têtes du dragon magique habite de l'autre côté du mur, il passe son temps à grimper sur un petit tas de briques pour passer la tête et appeler : « *Gragon ! Gragon !* Viens ! »

Si le voisin ne répond pas, il continue de crier, et quelquefois les propriétaires des appartements vendus se penchent et lui disent de se taire et de rentrer chez lui, et d'arrêter d'embêter le monde ou ils appellent la police.

Alors il rentre, et il est tout triste.

Mais quand le voisin est là et l'entend, il vient près du mur parler avec le petit. Le mur est si bas qu'il dépasse à peine la hauteur d'un homme, mais le voisin reste toujours de son côté du mur. La comtesse sait qu'il est là aux mouvements que fait son fils, elle commence par se mettre du rouge et du fard à paupières et elle se peigne avant d'accourir sous un prétexte quelconque comme étendre du linge déjà sec ou arroser des fleurs déjà arrosées.

Elle essaie d'engager la conversation et parfois propose au voisin de passer par-dessus le mur pour venir voir leur beau jardin, ou bien de leur rendre visite, mais il a toujours quelque chose à faire et remercie en disant que ce sera pour une autre fois. Personne, dans les parages, ne sait rien de cet homme, qui demeure un mystère.

L'enfant, pourtant, doit lui poser beaucoup de questions et obtenir des réponses puisqu'il raconte, à sa façon, que le voisin a un bateau et va pêcher, ou encore qu'il pilote des avions et apprend aux gens à voler. Depuis, Carlino a toujours le nez en l'air.

« *Navion !* s'écrie-t-il tout joyeux dès qu'il en voit un dans le ciel. *Navion !* »

Récemment, le voisin a pris l'habitude, s'il a pêché beaucoup de poissons, d'en donner un sac à l'enfant pour sa maman.

Elle en défaille d'émotion et court l'inviter à les manger avec eux, mais il est déjà rentré et ne peut pas l'entendre, et quand la comtesse fait le tour pour aller sonner à sa porte, il n'ouvre pas. Alors elle rassemble son courage et se glisse dans le passage qui mène au petit escalier puis à la porte vitrée, et elle voit qu'il y a de la lumière ou elle entend la télévision. Un jour, elle lui a demandé pourquoi on entend des bruits chez lui même quand il n'y a personne, et le voisin a répondu qu'il a toujours besoin de bruits de voix en fond sonore. Il a besoin de l'effet « famille nombreuse » quand il est chez lui ou quand il rentre, alors il laisse toujours allumé.

La femme qui vivait avec le voisin, celle qui jouait du violon et s'occupait des fleurs, n'est plus là. Maintenant c'est l'automne, les tiges se sont recroquevillées et restent là, toutes sèches.

10

Elias a invité Noemi à sortir, un soir, en ville, avec d'autres gens, et tout le monde pourra les voir.

Maddalena est contente parce que Noemi ne restera pas vieille fille, et elle voudrait fêter ça. Elle a préparé des gnocchis aux crustacés, de la boutargue avec des artichauts coupés très fin, et des *puntine*[1] avec une sauce aux anchois. Elle n'a pas cessé de chantonner pendant qu'elle faisait les gnocchis et tout le reste, et Salvatore s'est occupé des vins.

La comtesse de Ricotta a voulu étonner elle aussi, en cuisinant quelque chose de spécial et de raffiné, et elle a demandé à Angelica de l'aider à confectionner un beau plat roumain. Le plat le plus extraordinaire.

« Du bifteck ! a répondu Angelica. Du bifteck sans gras !

– Mais ce n'est pas très élaboré. Ça n'étonnera personne.

– Alors des saucisses ! »

Du coup, la comtesse n'a rien préparé. Comme d'habitude.

En dépit des protestations de Carlino, la fête s'est terminée avant minuit.

1. Pousses tendres de chicorée qui se servent en salade.

Maddalena et Salvatore ont éteint la lumière et laissé les fenêtres ouvertes, car en Sardaigne à l'automne il fait encore chaud, les feuilles tombent mais on continue de se baigner.

La lune, comme une opaline, éclairait la table encore dressée et rendait tout phosphorescent.

« Déshabille-toi et assieds-toi à table, dans la lumière de la lune », a ordonné Salvatore.

Maddalena s'est déshabillée et ils se sont assis, elle a passé son verre de vin glacé sur ses mamelons pour les durcir. Ses seins se tenaient bien fermes et ainsi éclairés paraissaient plus gros.

« Écarte les jambes. Mouille-toi le *yoni* avec du vin et lèche tes doigts. Dis-moi quel goût ils ont. »

Il s'est levé de table et s'est placé devant elle.

« Maintenant, défais ma ceinture et sors mon *lingam.* Lèche-le comme tu sais bien faire. Dis-moi quel goût il a avec le vin et le goût de ton *yoni.* »

Elle a mis les doigts dans son *yoni,* après les avoir plongés dans le vin. Elle les a léchés et a essayé de décrire tous les goûts. Jusqu'à ce qu'ils n'en puissent plus et jouissent en même temps, lui dans sa bouche et elle dans sa propre main. Ils ont joui sans avoir le temps d'entrer l'un dans l'autre, alors qu'elle était peut-être fertile ce jour-là.

Voilà pourquoi Maddalena n'est pas contente. Parce que le présent n'existe pas s'il n'y a pas de futur. Ils ont gâché une occasion, fous de désir qu'ils étaient, et c'était peut-être le moment où les spermatozoïdes de Salvatore étaient les plus forts et les ovules de Maddalena les plus accueillants.

Après, Salvatore est allé dans la chambre et s'est tout de suite endormi. Maddalena s'est mise au balcon, en chemise de nuit transparente car elle ne pense jamais qu'on peut la voir, mais la nuit était claire, bleue et douce, et de l'autre côté de la rue toutes ces lumières sur la mer.

On entendait des voix. Elias marchait devant avec une fille très jeune, et derrière, en petit cortège, arrivaient quelques autres filles, et Noemi. Elle portait son fourreau rouge, son châle en satin et ses perles, et ressemblait à une bonne mère ramenant à la maison ses filles en minijupe et petit haut très court. En fait, c'étaient elles qui la ramenaient jusqu'à sa porte. Elles lui ont fait la bise : « Bonne nuit. Bonne nuit. » Alors Elias, en tête du cortège, est revenu un instant sur ses pas et lui a fait une bise, une joue puis l'autre. La petite compagnie a poursuivi son chemin. La porte cochère s'est refermée. Le déclic sec et léger de Noemi qui ne veut pas déranger.

Maddalena est allée donner le meilleur des restes à Micriou, qui ne songe qu'à retourner vivre dans la rue.

Ensuite, tout de même, elle s'est inquiétée et elle est montée voir sa sœur. Elle l'a trouvée en larmes, comme elle le craignait, avec son maquillage qui coulait.

« L'amour, c'est pas pour moi, disait Noemi en sanglotant, je le savais bien que c'était pas mon truc. Je sais pas comment on fait. À ce dîner épouvantable où il m'a invitée, on n'était même pas assis l'un à côté de l'autre et il a fait comme si de rien n'était, comme si j'étais une amie comme une autre. Il est fourbe, cet homme, il avance masqué. Pourquoi il ne m'a pas laissée tranquille ? Tout allait si bien, et maintenant j'ai envie de mourir quand je sais qu'il ne sera pas là. Je me fiche de tout le monde. De vous aussi, qui êtes ma famille. Je me fiche de ton bébé, alors qu'avant je faisais des prières. Je me fiche que notre sœur fasse une tentative de suicide. D'ailleurs, je me dis qu'elle devrait le faire. À quoi bon être sur terre, quand on est comme elle ? Et nous tous, sur terre, qu'est-ce qu'on y fait ? Et je me fiche même de la maison. Tu te rappelles combien je l'aimais, le soin que j'en prenais, les économies, les projets, ces nuits passées à faire les comptes. Alors que maintenant, s'il est en retard, j'ai envie de la démolir de mes propres mains, avec tout ce qu'elle contient. Ce bric-à-brac. Ces souvenirs des morts. Même Dieu, je ne le prie plus que pour qu'il me téléphone, qu'il vienne me voir, qu'il m'emmène dans cet endroit affreux. Affreux. Et qui me paraît le plus bel endroit du monde. Je ne suis pas faite pour l'amour. Je ne tiens pas le choc. Moi l'amour, je le hais. Je le hais. »

11

Pendant tout le trajet, les trois sœurs chantaient de joie à l'idée de l'aventure, aller au village d'Elias, qui voulait certainement présenter les sœurs de sa fiancée à la famille de son frère.

Salvatore était au travail et Carlino elles l'avaient confié à la nounou pour être tranquilles.

Elles ont grimpé dans la montagne par les sentiers bordés de lentisques, de phyllareas, de genévriers, d'arbousiers, de térébinthes. Plus les arbustes étaient vieux, plus elles avaient l'impression d'être dans un monde enchanté. Et là-bas, au loin, on apercevait la mer.

Malgré sa mauvaise humeur, Noemi savait à présent beaucoup de choses sur la campagne, et ses sœurs étaient restées bouche bée de voir qu'elle n'avait peur de rien.

En quelques mois elle avait appris à s'orienter grâce aux arbres et aux rochers, et c'était beau de la voir si affectueuse avec les animaux, elle qui n'a pas un regard pour Micriou.

Dans le troupeau il y avait plein d'agneaux, comme toujours en automne, et Noemi en a mis un dans les bras de Maddalena, pour lui porter chance, parce qu'elle l'avait vue se désoler devant les brebis toutes joyeuses avec leurs petits. Mais la mère s'est mise à bêler tristement, et Maddalena l'a reposé aussitôt.

Noemi s'y connaissait surtout en chèvres et elle les appelait par leur nom, parce que les chèvres, sinon, ne rentrent pas à la bergerie et font comme bon leur semble. Pas les moutons. Les moutons, c'est facile. Il suffit de marcher devant et ils suivent.

La bergerie du frère d'Elias a un toit à charpente de genévrier, une cheminée que Noemi sait allumer et de petites fenêtres d'où l'on voit la mer.

Elias les a rejointes avec quatre sortes de fromages de brebis, de la joue de porc, des *coccoietti*[1] et aussi des *sebadas*[2] au miel d'arbousier, et ils ont dîné dans la joie jusqu'au moment où l'heure est venue de descendre au village.

La maison d'Elias, elles l'avaient déjà vue bien des années plus tôt, pour les fiançailles de la nounou. C'est la maison de son père et de son grand-père et de sa tante aussi, bien sûr, avant qu'elle parte à Cagliari. Maintenant c'est lui qui y habite, avec son frère, sa belle-sœur et son neveu.

En la revoyant, Maddalena et la comtesse ont compris pourquoi Noemi ne parle plus de renvoyer la gouvernante, parce que dans la maison de famille, il n'y a plus de place pour elle.

Comme les maisons de montagne sardes, celle d'Elias et de son frère est en pierre et se développe en hauteur. Un escalier étroit et sombre mène aux chambres aveugles des premier et deuxième étages,

---

1. Pains aux formes travaillées représentant souvent des animaux.
2. Petits chaussons farcis au fromage de brebis frais.

mais au troisième, où se trouve la pièce d'Elias, il y a de l'air, tout se change en lumière et en couleur, et le lit et les tables de nuit de Noemi font bel effet, là, sous la fenêtre qui ouvre sur les montagnes et sur le ciel, comme dans les peintures de la Vierge.

Dans la cuisine minuscule, les motifs sur la vaisselle ancienne d'Elias représentent presque le paysage qu'on voit depuis le petit balcon que Noemi a arrangé avec des pots de fleurs et des herbes aromatiques, un plaisir pour les yeux.

Le frère d'Elias a beaucoup d'espace mais tout est si sombre qu'on se croirait dans une prison, et il a raison de faire un procès aux voisins. Ils ne s'adressent plus la parole, du temps des grands-parents déjà, ils leur ont toujours refusé ces deux fenêtres sur la cour, une injustice puisque ces chambres-là sont aveugles, à part les deux qui donnent sur la route.

Noemi réfléchit à la façon d'attaquer légalement les voisins et d'aider Elias, mais, en fait, il se satisfait de sa petite chambre et de sa cuisine sous les toits. C'est surtout pour son frère, mais cela compte pour Noemi, puisqu'il deviendra son beau-frère. Bien qu'à dire vrai, ce futur beau-frère n'ait pas l'air au courant de ces futurs liens de parenté. L'autre jour, il a traité Noemi avec égards, comme l'une des comtesses chez qui sa tante avait travaillé, mais sans chaleur, et ne parlant avec elle que du procès avec les voisins.

Bref, l'excursion au village d'Elias n'avait rien à voir avec des fiançailles.

À la fin, le frère d'Elias les a saluées d'un « merci pour tout » et elles sont reparties pour Cagliari.

Au-dessus de leur tête, les étoiles, si nombreuses et si brillantes, étaient proches comme jamais. Même la lune était énorme. Mais ça servait à quoi ? À rien.

Elles ont fait le voyage du retour en silence, sauf Noemi qui a dit au bout d'un moment : « Merci pour tout. Quel toupet. Pour lui, les fenêtres sur la cour c'est comme si elles y étaient déjà.

– Mais non, a répondu la comtesse de Ricotta, il nous a remerciées d'héberger sa tante ! »

12

Si en rentrant, Salvatore retrouvait l'odeur de la soupe, le bruit de la machine à coudre et une femme mal fagotée, il en serait presque heureux. Mais c'est rare : la soupe ou l'épouse occupée aux travaux ménagers, on le sait, font obstacle à la tentation.

Maddalena, quand l'heure du retour de son mari approche, se met à la fenêtre et se penche tellement qu'on voit ses seins. Puis on devine qu'il est entré dans la pièce et qu'il la voit de dos, peut-être en porte-jarretelles et sans culotte, jupe relevée. Alors il la baise, et ses seins ballottent contre l'appui de la fenêtre, heureusement la maison d'en face est louée à des étudiantes.

L'été elle reste à la maison sans soutien-gorge, en T-shirt court et léger, en short à taille basse très échancré et sans culotte.

Salvatore, même fatigué, ne résiste pas en la voyant, il remonte le T-shirt et lui pince les tétons, glisse une main entre ses cuisses et sent qu'elle est mouillée. Alors elle le prend par la main et l'emmène dans la chambre, elle se couche et relève son T-shirt pour lui montrer ses gros seins bien fermes, un bon 95 C. Elle écarte le short et commence à se caresser et, toujours couchée, défait la boucle de sa ceinture et déboutonne son pantalon, puis le prend dans sa bouche. Lui, il est là, debout, encore dans son costume de la banque, et parvenu à ce stade, il est incapable de ne pas continuer.

Ou bien elle aime se faire attacher sur le lit, complètement nue, ses parties intimes bien en vue. Et Salvatore s'amuse à la rendre folle, puisque ainsi attachée elle ne peut pas se caresser et que lui seul a le pouvoir de la faire jouir, il lui tartine de la crème sur tout le corps et taquine son clitoris, suce ses tétons. Elle le supplie, mais il lui fait jurer qu'elle préfère être baisée plutôt que tomber enceinte, et c'est seulement quand elle jure que oui qu'il la fait jouir.

Maddalena aime Salvatore. Souvent la nuit elle le regarde dormir et se dit qu'il est beau, que jamais elle ne désirera un autre homme que lui. Elle attend que dans un demi-sommeil il la touche, même sans faire exprès, puis elle guide sa main à l'intérieur de son *yoni*, jusqu'à ce que Salvatore se réveille et la baise. Après, elle pourrait s'endormir tranquillement mais elle a l'impression qu'un mariage sans enfant ne peut pas être heureux, alors elle est triste. Et elle se roule en boule et pleure sur son ventre vide.

Toutes les occasions sont bonnes pour exciter son mari. À la plage elle s'amuse à faire des trous dans le sable sans soutien-gorge, elle court et ses seins magnifiques dansent. Elle prend le soleil vêtue d'un string minuscule, couchée à plat ventre, exposant son cul prodigieux.

Elle aime voir le *lingam* de son mari grossir sous le maillot de bain et, quand ils remontent en voiture pour rentrer, Salvatore cherche vite un coin discret pour la baiser, et il la traite de putain mais elle ne le prend pas mal, au contraire, parce que les putains ne sont pas tenues de faire des enfants.

Noemi lui fait des reproches, elle la trouve trop collante avec son mari. C'est vrai que Maddalena est collante et jalouse. Salvatore lui dit toujours qu'il n'est pas du genre à avoir la bougeotte, alors elle se console et l'imagine assailli par des femmes et lui immobile, indifférent à toutes, sauf à la sienne.

Un jour il a rencontré une collègue et lui a touché les cheveux en lui demandant ce qu'elle leur avait fait et pourquoi ils n'étaient pas comme d'habitude, et Maddalena s'est sentie mal, mais elle a réussi à ne rien dire. Une fois rentrée, elle s'est précipitée chez ses sœurs et Noemi s'est mise en colère.

Maddalena, qui tient toujours compte de ce que dit sa sœur aînée parce que celle-ci possède la vision systémique, s'est calmée. Mais la nuit, la collègue et sa chevelure reviennent hanter ses cauchemars, elle se réveille en nage et dit à Salvatore qu'elle a rêvé qu'il y avait des voleurs.

Parfois, malgré tout, Noemi exagère et, au comble de la méchanceté, rappelle à Maddalena qu'elle avait pourtant eu le choix entre plusieurs amoureux. Et des mieux que Salvatore, qui n'est tout de même pas un trésor tel qu'il faille se tourmenter jour et nuit à la pensée qu'une autre femme va le lui prendre.

Et quand Noemi s'en va, c'est la nounou qui vient consoler Maddalena et lui dit que sa sœur est *arrennegàda*, enragée, qu'elle n'est qu'une *bagadìa azzùda*, une vieille fille frustrée, qui ne sait rien de l'amour.

Pauvre Elias, tombé entre ses griffes.

13

Noemi se repent d'avoir donné à Elias, qui ne les méritait pas, sa commode, son lit et les tables de chevet. Elle ne supporte plus de dormir sur un sommier métallique, de se pencher jusqu'au sol pour éteindre sa lampe, de ne pouvoir utiliser que la glace de la salle de bains, d'avoir sa lingerie dans des cartons.

Elle analyse ses propres actes et demande même à la gitane Angelica de l'aider à trouver ce qu'il est possible de faire pour qu'Elias reste toujours avec elle. C'est comme pour les maladies, il y a un traitement mais on ne sait pas lequel, personne ne l'a encore trouvé. Angelica lui donne des conseils, dit qu'elle souffre elle aussi quand son mari part en Roumanie et qu'elle ne sait pas s'il reviendra, ni s'il les aime pour de bon, elle et son fils. Mais Angelica a toujours les mêmes problèmes que son interlocuteur, impossible de savoir si elle invente ou dit la vérité.

Elle console Maddalena en lui racontant qu'elle non plus n'arrivait pas à avoir d'enfant, à la comtesse elle dit que pareil, elle a toujours peur de tout et envie de mourir, à la nounou qu'elle a été gouvernante quand elle était jeune et qu'elle a souffert, quand elle est venue en Italie, de ne plus voir les enfants dont elle s'occupait. En tout cas, elle comprend ce qu'on ressent, on dirait vraiment qu'elle l'a déjà éprouvé. Maintenant, beaucoup de gens dans le voisinage s'arrêtent pour parler avec Angelica, et parfois même la font entrer chez eux. Ils lui donnent des choses pour le petit Antonio, quelquefois de l'argent, sans qu'on sache si c'est parce qu'elle est sympathique et intelligente, ou parce qu'ils ont vu la comtesse faire ainsi et qu'il ne lui est jamais rien arrivé, ou bien pour le plaisir d'apprendre quelque chose sur les trois sœurs, en particulier sur Noemi et Elias.

Noemi pense sans doute que c'était mieux avant, qu'au moins elle dormait bien, une fois qu'elle avait fait tous les comptes pour la maison et les projets de rachat. Et qu'au fond, la beauté et l'amour ça peut être terrible, insupportable pour un être humain.

Elle s'est mise en congé et reste chez elle à attendre qu'Elias vienne la voir. Elle demande à Salvatore d'aller voir Elias pour lui dire ses quatre vérités. Lui mettre son poing dans la figure. Tuer les moutons de son frère. Et surtout aller là-bas avec un camion récupérer toutes ses affaires. Quant à la nounou, elle veut l'emmener chez le notaire pour qu'elle déshérite son neveu préféré, le prive du petit lopin de terre qu'elle lui a réservé. Elle la menace, lui dit qu'un jour elle ira dans sa chambre casser en mille morceaux la collection d'assiettes et de soupières de son neveu.

Son beau-frère, ses sœurs et la gouvernante feraient n'importe quoi pour elle, mais pas ce qu'elle demande. Alors elle ne veut plus les voir, ne leur adresse plus la parole quand elle les croise dans l'escalier. Et quand elle s'arrête, c'est pour les agresser avec des phrases dures, comme : « Sans moi, vous n'auriez même pas de toit sur la tête. »

À Carlino non plus elle n'ouvre pas, et si l'enfant se pend à sa sonnette, elle hurle : « Va-t-en ! Pourquoi tu sonnes comme ça ? »

La gouvernante, elle la traite de vieux parasite qui mange leur pain sans travailler, et elle lui lance des absurdités comme : « C'est toi qui as tué ma mère, tu lui as donné ses cachets et tu savais qu'elle te les demandait pour mourir ! Assassin ! Tu étais amoureuse de notre père, tu rêvais de prendre la place de maman, mais ça n'a pas marché ! »

Un jour Salvatore a dit à Maddalena qu'il voulait au moins aller parler à Elias, tranquillement, sans tuer aucun mouton et sans camion pour reprendre les meubles. Il a donc grimpé le sentier dans la forêt de lentisques, de phyllareas, genévriers, arbousiers et térébinthes et il s'est cru lui aussi dans un monde enchanté.

Les deux hommes se sont serré la main, ont parlé de la vie et de l'amour. Elias a expliqué qu'il aimait beaucoup Noemi, mais pas de la façon qu'elle voudrait. Il a assuré qu'il ne lui avait jamais laissé croire qu'il voulait changer de vie, fonder une famille. Ni avec elle ni avec aucune autre.

« Pourquoi ? a demandé Salvatore.

– Parce que c'est trop tard. Comme quand j'ai quitté le lycée. Il me restait deux ans à faire. Et malgré le temps écoulé, je n'avais rien oublié, j'aurais pu passer le bac en candidat libre, loin de ces salauds d'élèves. Mais non. Je sentais qu'il était trop tard, et je suis resté berger. Mais j'aime ma vie, même si ce n'est pas celle dont j'aurais rêvé. Et je ne vais pas passer mon temps à me bagarrer pour la changer. »

Elias a aussi raconté à Salvatore que parfois il se promène dans la forêt, près du ruisseau, il regarde les montagnes, observe les oiseaux, et il aurait envie d'aller en ville, mais, dès qu'il s'imagine descendre à Cagliari, il se dit que ce serait bien d'aller voir Noemi, et du coup il tourne et tourne sans jamais être bien nulle part, il n'arrive plus à passer la frontière entre son monde et celui de la ville avec la légèreté et la joie d'autrefois.

Un jour Noemi est allée là-bas et s'est arrêtée juste avant les étables. Il l'a appelée, « Noemi ! », et elle aussi, « Elias ! » Mais elle ne s'est pas approchée et ils ont senti tous les deux qu'ils n'avaient rien d'autre à se dire que leurs prénoms.

Alors les deux hommes se sont de nouveau serré la main, et Salvatore, une fois rentré, n'a pas trouvé de réponse aux questions de Maddalena.

Depuis ce jour Elias retourne de temps en temps voir Noemi et passe la nuit avec elle, ou bien ils montent au village en fin de semaine, et après, Noemi va bien pendant un jour ou deux mais elle redevient mauvaise si Elias ne redescend pas bientôt la voir.

Les fleurs, elle ne s'en occupe plus. Ses sœurs essaient de s'y mettre mais le jardin ne veut rien savoir, et il risque de devenir encore plus désolé que celui du voisin.

Quand Elias va trouver Noemi, elle l'assomme de questions. Elle veut comprendre. Elias ne sait quoi répondre et Noemi hurle qu'elle ne veut plus jamais le voir.

« Il y a des choses qui sont comme ça, c'est tout. Il n'y a rien à comprendre », crie Elias en marchant de long en large dans la pièce et en tapant du poing contre le mur.

14

Tous s'inquiètent du chagrin de Noemi et personne ne s'aperçoit que la comtesse de Ricotta ne fait plus que penser à sa rencontre avec le voisin.

Elle avait ramassé dans le jardin les feuilles mortes, les herbes et les branchages, et portait deux grands sacs poubelle au container à ordures. Le voisin passait à ce moment-là, parce qu'il avait garé sa Vespa près de la cathédrale. Il lui a arraché les sacs des mains. « Donnez ça ! » a-t-il dit brusquement. On aurait dit un grand coup de patte donné par un animal. Et ils ont fait le chemin ensemble jusqu'aux containers.

Maintenant, tous les soirs, elle pense à lui. À la brutalité de ses mains. Et elle s'endort contente, en pensant que dans la vie tout a une signification. Et ce geste l'accueille encore à son réveil.

« Il voulait me protéger des épines. »

Les épaules rentrées dans sa veste, le col relevé, le voisin avait rejoint sa Vespa et remis son casque. Elle avait beaucoup aimé sa façon de partir. L'air buté. Comme les petits garçons.

C'était une journée très lumineuse. Le ciel et la mer d'un bleu de mistral à l'horizon des rues. Le soleil jaune d'or par-dessus les toits. Des tintements de cloches.

La comtesse repense tous les soirs au bruit de la Vespa qui s'éloigne, au vent qui balaie la poussière dans les ruelles de Castello et qui rend plus nets les contours des choses.

15

La nounou essaie de faire manger Noemi. Elle lui prépare les plats qu'elle adorait petite, monte chez elle, sonne, frappe longtemps à la porte, mais Noemi n'ouvre à personne.

La gouvernante fait une nouvelle tentative avec une soupière de raviolis comme on les prépare chez elle, avec des pommes de terre, plusieurs sortes de fromages frais et de la viande de mouton. Elle lui monte aussi des *sebadas*, du *pistoccu*[1] et de la joue de porc salée. Derrière la porte, elle énumère tous ces délices. Noemi quand elle ouvre est comme une furie, elle hurle et les occupants des appartements vendus prennent peur lorsqu'elle attrape la nounou par les épaules et se met à la secouer.

« Parasite de notre famille, tu ne vaux pas le pain que tu manges et tu crois t'acquitter avec une soupière de raviolis ? Je te hais ! Je t'ai toujours haïe ! »

Mais la nounou, malgré les insultes, continue de monter.

Un jour elle a préparé ses traditionnels gâteaux, mais avec un soin tout particulier. À la place des amandes espagnoles, meilleur marché, elle a utilisé

1. Pain cuit pour rester sec et se conserver longtemps.

des amandes sardes qu'elle a épluchées, émondées et soigneusement séchées avant de les réduire en poudre qu'elle a mélangée avec des blancs d'œufs en neige, du sucre et des écorces de citron hachées très fin.

Les petits gâteaux étaient disposés sur un plat de service, enveloppés séparément dans du papier de soie de couleur. Magnifique. Elle a frappé et sonné mais rien, juste le silence.

Peut-être qu'alors le désespoir l'a saisie, parce que en redescendant l'escalier elle a perdu l'équilibre, elle est tombée et sa tête a cogné violemment contre une marche. Un bruit sinistre. Les occupants des appartements vendus sont sortis sur le palier. Noemi est sortie aussi, et l'a vue évanouie au milieu des gâteaux multicolores qui continuaient de dégringoler dans l'escalier. Elle s'est mise à pleurer, disait à la nounou de lui pardonner, qu'elle n'est pas méchante, juste malheureuse, et de ne pas bouger, par pitié, avant que l'ambulance arrive.

16

Depuis que la nounou est à l'hôpital, c'est le voisin qui passe la tête au-dessus du mur et appelle la comtesse de Ricotta pour demander comment ça va et s'il peut aider.

Un jour la comtesse l'a rencontré dans la rue en revenant d'acheter le pain, qu'elle ne peut jamais s'empêcher d'entamer avant d'être arrivée à la maison. Le voisin, qui passait en Vespa, s'est arrêté pour prendre des nouvelles de la gouvernante et de Noemi. La comtesse a avalé la bouchée entière et commencé à raconter à sa façon, avec tous les détails, et pendant qu'elle parlait le voisin époussetait les miettes et semblait plus absorbé par ce nettoyage que par ce qu'elle disait.

Une autre fois, ils parlaient près du mur et le vent s'est levé, la comtesse avait froid, le voisin a couru chez lui chercher une écharpe qu'elle garde depuis sous son oreiller, pour faire de beaux rêves en ces temps difficiles.

Elle a même accepté un remplacement dans un village reculé et tous les soirs depuis le mur le voisin lui envoie ses encouragements.

Le matin, quand la comtesse de Ricotta part à l'école, elle se dit que les gens ont peut-être autant peur qu'elle, ils n'ont pas fermé l'œil mais vont quand même au travail. Quand elle rentre, elle appelle le voisin et lui parle par exemple des vaches, qui à son avis sont plus tristes là-bas.

Alors le voisin lui dit: « Pleurons donc, pleurons aussi pour les vaches », et la comtesse éclate de rire et ça suffit pour qu'elle retourne le lendemain à l'école.

Mais dernièrement il est arrivé quelque chose, le voisin a remis son alliance, et quand il lui a demandé des nouvelles la comtesse a été incapable de parler. Ses jambes tremblaient et son cœur battait à tout rompre. Alors elle s'est sauvée. Elle s'est pelotonnée au fond de son lit, et Maddalena et Salvatore ne savaient plus quoi faire.

Salvatore lui a dit que si elle pleurait pour un homme, pour une histoire de cul, elle avait tort, parce que le cul c'est une habitude dégoûtante dont il faudrait se passer, comme la cigarette.

Maddalena a blêmi, mais il lui a fait un clin d'œil.

Carlino, qui avait remarqué le bonheur de sa maman quand elle mettait l'écharpe, est allé la chercher sous l'oreiller et la lui a enroulée autour de la tête, mais ses pleurs ont redoublé.

C'est ainsi que le remplacement a pris fin.

À cause de ça, mais pas seulement. Les élèves, d'après la comtesse, se moquent de sa façon de parler en prononçant les lettres bien comme il faut, et eux trouvent ça ridicule. Elle les a surpris qui l'imitaient, la bouche en cul de poule, en train de dire zob avec un *o* ouvert ou connasse avec le *o* fermé. Elle a bien essayé de s'exercer à prendre l'accent local, mais impossible. Du coup, ça la bloque et plus elle approche de l'école, plus elle devient muette. Personne ne la croit, mais elle ne peut plus faire cours, et elle a honte d'avoir toujours le bon accent, honte de ne jamais se tromper. Tout ça à cause des cours de phonétique au lycée, et de cette idiote de prof snob qui voulait les débarrasser de l'accent sarde.

À l'heure habituelle, dans les jours qui ont suivi, le voisin l'appelait par-dessus le mur mais elle ne répondait pas, sûrement parce qu'il devait encore porter cette alliance et qu'elle ne voulait pas voir ça, mais aussi parce qu'elle avait honte de son accent, et pourtant elle n'y avait jamais pensé jusque-là.

Mais une fois elle n'a pas résisté et a couru vers le mur dès que le voisin a appelé, il ne portait plus son alliance et quand elle lui a parlé de son accent il s'est mis en colère contre les élèves mais aussi contre elle, qui ne se rend pas compte qu'elle a une si belle voix, si douce et si musicale, et ça le met tellement en colère que s'il n'y avait pas ce mur entre eux il pourrait la frapper.

Et les beaux jours ont recommencé. La gouvernante est revenue, elle est un peu distraite parce qu'elle a le cerveau embrouillé, mais au moins elle est là et sur certaines choses elle s'est même améliorée, on dirait presque une sale gamine.

Peut-être qu'elle a toujours été mal élevée, mais qu'avant elle faisait semblant. Elle vole dans l'assiette des autres, elle prend tout ce qui lui plaît dans le frigo ou dans la casserole sur le feu, s'essuie avec le bas de sa robe, rit aux éclats en croisant un malheureux dans la rue, et traînasse pendant que les autres s'activent.

Depuis qu'elle n'est plus la même, elle raconte partout des absurdités, par exemple dans les magasins, où elle prétend faire les courses mais où elle n'achète que des choses inutiles que les comtesses doivent rapporter ensuite aux commerçants.

Elle raconte la mort de leur maman, ce fameux jour où celle-ci lui avait dit qu'elle n'arrivait plus à dormir.

Leur mère s'était couchée par terre et lui avait demandé pour la énième fois d'écouter toutes ses peurs. De les faire partir. Pour qu'elle s'endorme tranquille.

Alors la gouvernante avait répondu : « *Sì, dedda mia* », ce qui veut dire : « Oui, très chère. » Puis elle avait écouté la liste, les bras tendus au-dessus d'elle comme font les anges.

La pauvre, elle avait peur que la chance l'abandonne malgré l'application qu'elle mettait à s'effacer, peur que ses petites tombent malades et meurent, peur en entendant le téléphone ou la sonnette qui annonçaient sans doute des malheurs, ou les sirènes des ambulances qui transportaient peut-être un proche. Son mari aussi elle avait peur qu'il meure, ou s'il ne mourait pas, qu'il la quitte pour une autre. Elle avait peur de toutes les femmes, même de la gouvernante. Et si son mari et la nounou perdaient la tête et s'enfuyaient ensemble ? D'ailleurs, même si personne ne mourait ni ne s'enfuyait, elle avait peur que les choses tournent à la catastrophe. Si elle attrapait une maladie qui la rende laide et répugnante ? Si son mari ne la touchait plus ? Lui, le seul qui ait jamais pu la toucher, et elle en avait été heureuse. Et puis, même sans maladie ni laideur, il y aurait la vieillesse. Est-ce que ça n'était pas monstrueux de vieillir ? Alors il en prendrait une plus jeune. Elle en entendait tellement, de ces histoires d'hommes qui abandonnent leur vieille femme pour se mettre avec une jeune. Et les enfants ? Comment éviter le malheur aux enfants ? Est-ce que ce n'était pas absurde d'en faire, sans même savoir s'ils seraient toujours heureux d'être venus au monde ?

Quelquefois la nounou se disait que ces trois petites n'avaient pas besoin d'une maman pareille. Et son mari non plus. Un moment de joie familiale, une fête, un anniversaire pouvaient être gâchés par une nouvelle triste au journal télévisé, par un mot maladroit prononcé par quelqu'un, ou par elle-même. Alors toute la joie s'évanouissait, leur maman quittait aussitôt la pièce et on la retrouvait dans sa chambre, assise dans son petit fauteuil, la tête dans les mains, désespérée de l'erreur qu'elle avait commise et ne pouvant se la pardonner, ou de l'erreur commise par les autres, qui sûrement la détestaient. Puis elle s'en voulait d'avoir gâché la fête et s'agenouillait devant son mari, en implorant son pardon.

Pourquoi était-elle sortie vivante de cette boîte à chaussures ? Pourquoi elle, parmi tant de prématurés ? Si au moins elle les avait mérités, son mari, ses filles, sa position, sa maison.

« Tu n'as qu'à les conquérir, lui disait son mari.

– Je ne suis pas assez bonne. Mon drame, c'est que tout m'est arrivé par hasard. »

Elle était certaine que d'un instant à l'autre tout cela pouvait disparaître comme c'était apparu.

Comment peut-on vivre ainsi, désespéré d'abord de trop de malchance, et désespéré ensuite de trop de chance ?

La nounou ne comprenait pas et elle priait le Seigneur, s'il devait la laisser ainsi, de reprendre avec lui cette pauvre créature.

En attendant, elle réparait comme elle pouvait. Elle retroussait ses manches et faisait des gâteaux pour les petites, chantait avec elles des chansons gaies, les emmenait se promener pendant que leur maman essayait de dormir, mais au retour elles la trouvaient réveillée et il fallait toujours augmenter la dose des comprimés.

Le père lui avait bien des fois laissé entendre qu'il aurait préféré l'avoir elle comme épouse, bien portante et toujours gaie. Forte. Et comme mère de ses filles aussi. Mais après la mort de sa femme, il n'avait plus été le même, il était tombé malade et ne parlait plus que du temps d'avant. Comme tout était mieux avant. Il avait oublié l'enfer que c'était. Avant.

Ce jour-là, sans même terminer la liste de ses peurs, la pauvre petite avait fini par s'endormir tranquillement et ne s'était pas réveillée.

Et la nounou s'était dit que les anges eux-mêmes s'étaient trompés en laissant survivre dans sa boîte à chaussures cette petite prématurée née d'une *egua*, et qu'ils faisaient bien de réparer leur erreur et de la reprendre.

Parmi toutes les extravagances de la nounou, il y a cette nouvelle manière de s'habiller. Avant, elle portait des vêtements sombres, alors que maintenant elle superpose les couleurs et les styles, par exemple une jupe écossaise avec une veste chinoise en satin brodé et un foulard à impression cachemire. La comtesse veut que la nounou soit comme une reine dans sa chambre, et Noemi a donné son accord. Elles y ont transporté le frigo et la cuisinière à gaz, comme le voulait la gouvernante. Maintenant elle vous accueille, tout sourire, tête inclinée de côté, dans sa chambre aux murs imprégnés d'une odeur de friture et de gras.

Le lit est au milieu, avec quantité de coussins et un petit Jésus couché, il y a plein de chaises avec des vêtements sous des housses parce que l'armoire sert de buffet pour les casseroles et les provisions. Autour du lit, le frigo, la cuisinière, la table, dressée à toute heure pour qui voudrait manger. Aux murs, des tableaux représentant la Vierge, et des étagères avec la précieuse collection d'assiettes et de soupières d'Elias.

Il y a toujours de grands hochements de tête désapprobateurs quand la nounou sort, par exemple faire les courses. Mais hocher la tête est chose courante dans la famille, à propos de la comtesse de Ricotta, de Carlino, de Noemi vieille fille, ou de Maddalena qui joue à la maman avec le chat ou va chercher le pain en T-shirt moulant et laisse voir ses tétons.

Noemi s'occupe beaucoup de la gouvernante et descend donner des ordres à la comtesse sur la façon dont il faut la traiter.

Mais la nounou n'est nullement reconnaissante à Noemi. Dès qu'elle a le dos tourné, elle la traite d'*arrennegàda* et de *bagadìa azzùda,* ajoutant qu'elle devrait remercier Elias d'avoir daigné la remarquer.

La comtesse est un peu rassurée car à l'annulaire gauche du voisin l'alliance apparaît et disparaît.

Elle adore le voisin, et il s'en est sûrement aperçu.

« Qu'est-ce que j'ai comme ventre ! » dit-il, par exemple.

« Mais non, vous êtes vraiment bel homme ! »

Quand le voisin a l'air triste et que la comtesse lui demande ce qui ne va pas, il hausse les épaules et répond que ça n'a pas d'importance, puisqu'il peut voler. De là-haut, les bateaux qui croisent au large sont des joujoux pareils à ceux qu'on trouve dans les œufs de Pâques à trois sous. Les terres plantées de vigne, un tissu où le fil à bâtir marque l'emplacement des coutures. La digue sur le port, qui s'achève sur une place octogonale, une sucette. L'écume du sillage d'un hors-bord, une fumée. Le nuraghe du village de Barumini, le mécanisme d'une montre. Les prairies, un pyjama rayé.

Un jour la comtesse a répondu que c'est pareil pour elle, sauf qu'au lieu de prendre l'avion, elle se penche par-dessus le mur. Alors il a souri, d'un sourire magnifique, et il a paru se sentir mieux.

La comtesse est toujours inquiète des dangers que court le voisin.

Elle lui dit : « Je me fais du souci pour vous. Avec votre habitude de partir en Vespa, en bateau, en avion, de plonger pour pêcher !

– Vous aimeriez mieux que je reste toute la journée chez moi, et de préférence au lit ? »

Maintenant, le voisin invite souvent la comtesse à faire un tour en Vespa, et elle est prête en un clin d'œil.

La première fois, le voisin était pressé et a dû repartir aussitôt. La comtesse n'avait pas réussi à ôter le casque de toute la soirée, et il n'y avait à la maison que la nounou et Carlino qui ne savaient comment l'aider et riaient comme des fous.

Elle se dit que rouler en Vespa avec le voisin, c'est vraiment très près de ce qu'on appelle le bonheur, en tout cas elle a l'impression d'être une femme normale, comme celles qu'elle regarde passer à moto depuis le trottoir, serrées contre leur homme. Elle se sent appartenir au système-monde et c'est magnifique.

Mais le bonheur et la normalité disparaissent dès que le voisin ne vient plus au mur, elle a le cœur qui cogne et recommence à penser au suicide.

Le mieux serait la noyade. Elle est si godiche, elle nage si mal, que tout le monde y croirait. L'été, à la plage, si elle peut laisser Carlino à quelqu'un elle s'entraîne. Elle va au large pour voir quel effet ça fait de voir la plage, les gens, son fils minuscules au loin, d'être en pleine mer, dans l'eau d'un bleu profond, et de penser qu'elle n'existe plus. Sauf qu'il lui vient une telle peur qu'elle fait demi-tour, moitié nageant moitié s'arrêtant pour se reposer. Jusqu'à ce que le monde enfin reprenne sa taille normale.

L'autre jour, le voisin l'a appelée par-dessus le mur.

«Je voulais vous parler du petit, a-t-il dit. Il m'a raconté, à sa façon mais j'ai compris quand même, qu'à la fin de l'année, ils font une petite représentation à la maternelle. Tous ses camarades ont un rôle. Sauf lui. On ne le laisse pas jouer. Les sœurs veulent qu'il reste debout avec une rose à la main, sans bouger, parce qu'il est retardé. Moi, je ne le crois pas. Au contraire, je trouve que c'est un gamin extraordinaire. Je sais qu'il joue du piano chez son père deux après-midi par semaine, et il connaît plein de petites chansons. Il y a un piano à la maternelle. Il m'a dit qu'il s'amuse beaucoup quand il fait de la musique, et lui, ce qu'il veut, c'est être un gentil garçon, pas un *épolisson.* » Et en imitant la voix de Carlino il a souri, et la comtesse raffole du sourire du voisin.

« Les sœurs sont très gentilles, ce sont des personnes délicieuses, a dit la comtesse pour les défendre, et elles font tout pour que Carlino progresse.

– En tout cas j'irai leur parler, à ces délicieuses bonnes sœurs, a conclu le voisin. Je voulais juste vous prévenir que je me ferai passer pour quelqu'un de la famille. Le mieux, ce serait que son père ou son oncle leur parlent, mais puisqu'ils ne le font pas…

– Son père est attentionné, mais il n'a pas le temps. Son oncle aussi, mais il se fait du souci parce qu'il n'arrive pas à avoir son enfant à lui.

– Bien. Admettons. Vous êtes entourée de gens très gentils et tout à fait délicieux. Et puisque je suis moi aussi une personne délicieuse et que j'ai du temps à perdre, n'étant pas occupé à féconder, j'irai parler avec les bonnes sœurs. »

17

«Noemi ! Noemi ! » criaient la comtesse et Maddalena depuis le jardin, pour que leur sœur descende voir le miracle des fleurs plantées hors saison. Mais Noemi ne répondait pas. Il était évident qu'elle ne voulait pas leur donner satisfaction. Elle dit toujours que ce sont les plantes sans intérêt qui prennent racine et que ça ne vaut pas la peine.

Alors elles ont fait un tour, et même si ce n'était pas la meilleure saison pour les fleurs, même si Noemi le dédaigne, le jardin était pourtant magnifique.

Et puis elles l'ont vue, Noemi, un oiseau blessé couvert de sang jeté sur un tas de vaisselle cassée, et la nounou à côté d'elle qui récitait la prière des morts.

La gouvernante a raconté que Noemi est entrée dans sa chambre comme une furie. Qu'elle a pris sur les étagères et dans les cartons la collection d'Elias et a tout lancé, une assiette après l'autre, une soupière après l'autre, dans le jardin.

Puis elle s'est jetée sur le tas de vaisselle brisée et elle est morte.

18

Quand la gouvernante a fait venir Elias comme fiancé, tous avaient pensé à un signe positif. Une récompense du ciel pour leur bonne action. Ils s'étaient trompés, la comtesse de Ricotta avait raison sur toute la ligne et les fiançailles de Noemi en étaient la preuve, et peut-être Maddalena et Salvatore, si bons avec la gouvernante, recevraient-ils eux aussi en récompense l'enfant qu'ils attendaient. Le bien qui triomphe sur le mal. Mais la vie n'est qu'un mélange de bien et de mal, tantôt c'est l'un qui gagne, tantôt c'est l'autre, et ainsi jusqu'à l'infini.

Noemi n'a été que blessée, et elle a repris sa vie de vieille fille. Elle reste à la maison en tenue négligée, en vêtement élimés et chaussons avachis, sans craindre qu'Elias arrive à l'improviste et la surprenne ainsi attifée. Avant de se coucher, elle fait les comptes, échafaude des projets pour racheter les appartements vendus et sort chaque matin dans la cour admirer ce chef-d'œuvre qu'est la nouvelle façade. Plus besoin de robes rouges, de masques de beauté ni de lingerie en soie, elle n'espère plus trouver un fiancé dans les congrès, elle a compris qu'elle n'était pas faite pour l'amour. Elle se contente d'en rapporter des compétences nouvelles en matière légale et les petits savons, sets de couture, peignes, bouteilles de vin et biscuits offerts par les hôtels de luxe.

Mais elle n'est plus exactement celle d'avant, parce qu'elle a fait une chose inédite. Elle a expliqué à ses sœurs pourquoi elle aime la nounou, et en même temps la déteste.

Ses sœurs étaient trop petites encore mais elle, l'aînée, elle voyait bien qu'il se passait des choses bizarres entre la gouvernante et leur père, des choses qui n'auraient pas dû être. Par exemple, si l'un était quelque part, l'autre était là aussi.

Elles se rappelaient sûrement comment était leur père, doux et tranquille, calme, insouciant à sa manière. Qu'au désespoir de leur maman il préférait le caractère solaire de la gouvernante, c'était peut-être normal. C'est vrai qu'elle était solaire, mais différemment quand leur père était là. Elle devenait une autre personne, et tout à coup s'animait de façon surprenante. Ils parlaient des choses de tous les jours, mais comme si elles avaient un sens profond connu d'eux seuls, et Noemi était terrifiée. C'est surtout quand ils communiquaient par des sourires et que la nounou devenait très jolie que son cœur de petite fille battait la chamade.

Elle se sentait perdue, parce qu'elle était la seule à voir. Comme toujours.

Persuader maman de renvoyer la nounou aurait été une méchanceté. Maman était désespérée dès que le soutien de la gouvernante lui manquait. Et puis, il n'y avait pas de preuve que la gouvernante et leur père soient amants.

Et c'était insupportable d'entendre les gens du quartier dire : « Pauvre femme, une vie sacrifiée. Si jolie, avec cette peau blanche, ces cheveux noirs et brillants, elle pourrait se marier, avoir sa maison à elle, ses enfants, sa vie. Et au lieu de ça... »

Les meilleurs moments, c'était quand la gouvernante retournait dans son village. Et Noemi s'en fichait bien de devoir s'activer pour que la maison ne parte pas à vau-l'eau, de s'occuper des repas et ne pouvoir faire ses devoirs que la nuit.

Après la mort de leur maman, on voyait encore quelquefois le sourire de la nounou, mais ce n'était plus pareil parce que leur père n'y répondait plus. Il devait penser qu'avant, avec cette drôle de femme qu'il avait, roulée en boule au fond de son lit et que peut-être il regrettait d'avoir épousée, sourire à quelqu'un c'était une chose possible. Mais plus après. D'ailleurs il lui était venu toutes sortes de maladies, les médecins disaient que c'était l'âge.

C'est à partir de ce moment que la gouvernante était devenue une vraie gouvernante et qu'elle avait travaillé auprès d'elles gratis des années durant après la mort de leur père, faisant des ménages chez les vrais riches de Castello pour quelques sous de l'heure. Elle sortait avec de vieilles robes convenables et transportait à pied les lourds paniers des courses, pour ne pas payer l'autobus. Elle cuisinait des plats fantastiques à partir de rien, des flans à l'oignon délicieux, des carcasses de poulet avec des pommes de terre ou des beignets de farine, des ragoûts de restes. Elle était toujours aussi gaie, masquait ses sacrifices, elle était juste plus maigre, la tête un peu penchée sur le côté quand elle marchait.

Dès qu'elle pouvait, elle regagnait son village et en rapportait plein de légumes et de fruits, des poulets de basse-cour et du fromage de la propriété de son frère, qui devait pourtant financer les études de son fils Elias au lycée, même si le garçon était adorable et l'aidait beaucoup, travaillant sans jamais rien demander. C'était grâce à la gouvernante qu'elles avaient pu grandir, et pas si tristement en fait, à part la comtesse de Ricotta qui avait toujours envie de mourir et la manie d'aider les autres, quand les premiers à en avoir besoin c'était elles, à la maison.

Pour finir, à quarante ans passés, la gouvernante avait rencontré son mari, elle en était tombée amoureuse et elle s'animait en l'attendant, comme du temps de leur père. Et elle était redevenue jolie, et ils parlaient ensemble des choses de tous les jours comme si elles avaient un sens profond connu d'eux seuls, et elle souriait de cette manière qui semblait aux sœurs tellement spéciale, unique, mais pas à Noemi, non, qui avait déjà assisté à ça, il y avait bien longtemps.

La comtesse et Maddalena ont écouté leur sœur sans rien dire. Elles connaissaient les faits, mais les avaient interprétés différemment.

« Mais alors, a demandé Maddalena, à ton avis, la nounou pourrait avoir donné des comprimés à maman pour la tuer ?

– Pas du tout, a répondu Noemi, maman était malade du cœur, une malformation dont elle souffrait sûrement depuis l'époque de la boîte à chaussures. Finalement, cette chance dont elle se sentait coupable n'était pas si grande. Ses comprimés, elle les prenait tous les soirs, depuis des années, et ce n'était pas la nounou qui l'y incitait. D'ailleurs, les médecins avaient annoncé que son cœur ne tiendrait pas longtemps. Et elle est morte à trente ans à peine. Le reste, ce que la nounou, pauvre femme, raconte à présent, c'est du délire. Elle se sent coupable de ce qu'elle a cru, ou peut-être espéré, mais on ne peut pas condamner quelqu'un pour ce qu'il croit ou espère. »

19

Une nuit que Maddalena et Salvatore se promenaient, ils ont rencontré Elias sur la place du Bastion de Saint-Rémy, où les bars restent ouverts très tard, en compagnie d'un groupe de jolies filles en minijupe. Il portait son pantalon taille basse, une veste en cuir courte malgré le froid et un pull moulant, il s'était rasé la tête pour cacher un début de calvitie, et il était très parfumé. Il se baladait avec les autres mais semblait distrait et paraissait chercher quelqu'un, peut-être la seule fille qui n'était pas là.

Salvatore et Maddalena se sont regardés comme pour dire qu'au fond il était mieux quand il était avec Noemi, et elle, si elle l'avait vu, aurait pensé qu'il était malheureux.

Ils se sont arrêtés, ont parlé de tout et de rien, et Elias a lancé : « J'espère que Noemi va bien. »

Maddalena a fait appel à tout son courage et lui a demandé s'il avait eu l'autorisation de percer des fenêtres sur la cour de ses voisins. Elias n'a pas eu l'air de se souvenir. Puis, brusquement, il s'est illuminé. « Ah oui ! » a-t-il dit, et il s'est mis à raconter qu'ils avaient perdu leur procès, mais que c'était sans importance, tant d'années à se retourner le sang pour deux petites pièces aveugles. Finalement ils ont fait un puits de lumière au milieu de la maison et une grande lucarne qu'on peut ouvrir. C'est lui qui les a dessinés et réalisés.

C'est alors qu'ils l'ont invité à dîner. Un jour ou l'autre. Sans tarder.

Il les a regardés, stupéfait, mais moins triste. Il a fait d'abord une tête qui semblait dire : « Vous êtes fous, qui voudrait affronter Noemi ? »

Et puis une autre tête, qui disait : « J'accepte. » Et il a accepté.

20

Elles racontent à la nounou qu'elles sont à nouveau riches et qu'elles ont racheté les appartements vendus après les faillites. Et quand les voisins se montrent aux fenêtres ou qu'on les croise dans l'escalier, on lui dit que ce sont des locataires qui paient un très gros loyer.

Alors la nounou est contente et nargue les voisins avec des gestes vulgaires, comme pour leur signifier que les nouveaux propriétaires les ont bien baisés en rachetant tout.

On ignore ce que le voisin a dit aux bonnes sœurs. En tout cas, à la fête de fin d'année, Carlino était assis derrière le piano. Il a regardé les parents dans le public, puis les autres enfants dans les coulisses, tous bouche bée, et il s'est sauvé. Mais il est revenu tout de suite. Il s'est rassis, tout heureux, et a commencé par jouer une marche de Chostakovitch, suivie de *La Valse du coq*, puis d'un adagio de Steibelt et de *Train Coming* de Siegmeister, après quoi, puisque le public applaudissait et demandait un bis, l'enfant est revenu s'asseoir et a joué *La Marche des soldats* de Schumann. Aux petits morceaux qu'il avait composés lui-même, le public est devenu fou, les parents n'avaient quasiment plus envie de voir le spectacle de leur progéniture et auraient presque préféré rester là à écouter jouer l'enfant.

Au retour, sa maman est allée frapper à la porte du voisin. Il a ouvert, mais est resté sur le seuil.

« Je ne sais pas comment vous remercier, mais je vais prier pour vous. Moi, et toute ma famille. Mes sœurs aussi. Je leur ai donné la carte des terrains d'aviation de Sardaigne et de Corse et vous n'aurez plus à vous inquiéter parce que, quand vous serez en vol, nous serons tous en train de prier pour vous ! »

Le voisin n'écoutait pas vraiment et disait que le concert de Carlino avait été comme un combat de boxe à coups de notes de musique, et il sautillait sur le pas de la porte en mimant la rencontre.

« Do », et il allongeait une gauche. « Ré », et il parait les coups en défense. « Mi », une droite. « Et tous au tapis ! » Il jubilait.

Maintenant, à Castello, quand les gens croisent la comtesse et son enfant, ils s'arrêtent pour les complimenter et prétendent qu'ils pourront se vanter, plus tard, d'avoir habité le quartier d'un génie de la musique. Mais on sent qu'ils ne sont pas tout à fait convaincus. Un génie de la musique qui est aussi un idiot. Alors ils cherchent des exemples illustres. Mozart. Il paraît que tout le monde se demandait comment Dieu avait pu insuffler tant de talent chez un crétin pareil.

La comtesse et Carlino sont allés porter un cadeau de remerciement au voisin.

Il était de mauvaise humeur et s'est excusé, toujours sur le seuil, de ne pas les faire entrer, mais vraiment il n'avait envie de parler à personne et encore moins de recevoir des cadeaux.

« Vous ne voulez même pas voir ce que c'est ? a dit la comtesse.

– Non. Vraiment. Je suis désolé, mais quand je suis de mauvaise humeur, je veux juste qu'on me laisse tranquille.

– Vous ne pensez pas que Carlino et moi nous pourrions vous apporter un peu de bonne humeur ? Je ne veux pas vous laisser comme ça.

– Inutile de vous inquiéter. Je suis malheureux avec bonheur. Mais seul !

– C'est que vous êtes un peu… comment dire… *pathétriste* ! »

Le voisin a éclaté de rire et accepté le cadeau, mais, puisqu'il était tel qu'elle avait dit, à la fois triste et pathétique, il préférait l'ouvrir seul.

21

Maddalena est enceinte. Elle ne veut plus être attachée aux montants du lit en fer forgé, de peur que Luigino – c'est le futur prénom de son fils – puisse en souffrir, même s'il n'est pour l'instant qu'un point minuscule en elle. Et Salvatore aussi a très peur que Luigino s'en aille, ils continuent de faire l'amour mais c'est différent et quand il a fini, il dit : « Ça y est », comme pour la rassurer, lui dire que tout s'est passé avec délicatesse et que Luigino n'a pas souffert.

Quand Maddalena se couche nue sur le lit, elle pose toujours la main sur son ventre et sourit doucement à Salvatore, qui se couche contre elle et pose la main sur la sienne. Et au lieu de faire l'amour ils parlent de Luigino.

Chez eux plane la menace que Luigino puisse s'en aller. Salvatore ne veut pas que Maddalena se lève trop brusquement ni qu'elle soulève des casseroles ou reste penchée sur la machine à coudre, parce qu'il a l'impression que son fils en souffre.

Maddalena n'est plus jalouse de son mari et quand il sort avec des collègues, au lieu de se tourmenter à la pensée des jolies femmes qu'il va rencontrer, elle reste tranquille à la maison avec son fils à venir et dit à Salvatore : « Amuse-toi. »

Quand le voisin croise la comtesse chargée des sacs de courses, elle lui explique que c'est à cause de son futur neveu car Salvatore travaille toute la journée. Il gare sa Vespa et porte les sacs pendant que la comtesse lui raconte les progrès de Luigino dans le ventre de sa maman.

Elle cuisine et fait le ménage, et la gitane Angelica, dont on sait qu'elle n'est pas une voleuse, garde un œil sur la gouvernante pendant que les petits, Antonio et Carlino, jouent.

Personne n'a le droit, à part son mari, d'approcher Maddalena, surtout pas la comtesse ni Carlino ni la gitane Angelica et son fils: il y a trop de maladies que Maddalena pourrait attraper, en particulier la rougeole, qu'elle n'a jamais eue. La comtesse monte chez Maddalena, qui reste enfermée dans sa chambre, et elles se parlent à travers la porte fermée pendant qu'elle range les courses, fait le ménage et le repas. S'il ne pleut pas, la comtesse descend dans la cour, et Maddalena lui parle depuis le balcon.

Le chat Micriou a été mis à la porte car elle pourrait attraper la toxoplasmose, qui fait naître les bébés aveugles. Au début il a dû se réjouir de ne plus avoir de maison, ne plus posséder à nouveau que ses rayures, mais maintenant il regrette sûrement tout ce luxe.

La fiancée du père de Carlino est enceinte elle aussi. Et cette fois, il ne pleure pas, il est content. Quand il vient chercher son fils pour la leçon de piano, il amène sa fiancée, avec son gros bidon, et il la tient bien serrée de peur qu'elle ne tombe dans les pentes raides du quartier de Castello.

Dans le voisinage, tous font des compliments et adressent des vœux de bonheur au père de Carlino et à sa fiancée mais par-derrière ils disent : « Espérons que le deuxième enfant et la deuxième femme seront mieux que les premiers, *mischineddu*[1]. »

Mais il ne vient pas à l'idée de la comtesse et de son enfant d'être jaloux. Ils sont contents. Elle, parce que le père de son fils est devenu plus sensible, et Carlino parce qu'il va avoir un cousin et un petit frère.

Mais quand son père vient le chercher, Carlino l'appelle sans discontinuer, c'est comme un cri : « Papa-papa-papa ! – Je suis là. Je t'entends. Qu'est-ce que tu veux ? » répond son père. Mais Carlino ne veut rien de spécial et continue d'appeler : « Papa-papa-papa ! »

Quand vient l'heure de rentrer, Carlino est si pressé qu'il n'attend même pas que son père l'aide à mettre son manteau et il revient toujours avec une manche qui pendouille. « Impossible de finir de l'habiller », se plaint son père.

Si Noemi est chez la comtesse quand ils arrivent, elle part sans les saluer. Ou bien, si elle arrive et qu'ils sont là, elle dit : « Pardon, je pensais que ma famille était seule. » Et elle referme bruyamment la porte pour que le père de Carlino et sa fiancée comprennent qu'elle ne les aime pas, surtout depuis qu'elle sait que les leçons de piano chez le maestro vont prendre fin et que la pièce du piano deviendra la chambre du bébé.

Ce piano, personne ne sait où le mettre. Chez Maddalena, Luigino aura besoin de silence. Chez la comtesse de Ricotta, il n'y a pas la place. Noemi n'a aucune

1. « Le pauvre. »

envie de faire plaisir au père de Carlino en résolvant son problème. Qu'il prenne ses responsabilités, pour une fois. Ou soit puni, demain, par le désamour de son fils.

En attendant, les leçons de piano s'espacent déjà, parce que le père n'a pas le temps et n'arrive pas à faire coïncider ses horaires avec ceux du maestro. Chez son papa, Carlino joue maintenant sur l'ordinateur ou aux jeux vidéo mais il n'est pas doué, il perd toujours et s'ennuie à mourir. Le seul bon moment, c'est le goûter, que lui prépare la fiancée de son père. Comme dans les contes. Le pain grillé et le fromage qui fond entre les tranches. Sa maman a bien essayé d'en faire aussi, mais le fromage dégouline et c'est une catastrophe. Inutile de demander le secret à la gouvernante, elle l'a oublié.

À cause du goûter et de mille autres choses, la comtesse tresse partout des louanges à la nouvelle fiancée du père de son fils. Même avec le voisin, qui dit : « Bien. Nous allons donc ajouter à la liste une autre personne délicieuse. »

Elle est heureuse, puisque tout le monde est heureux.

Mais quand les fenêtres du voisin sont fermées, elle ne l'est pas.

Elle pense aux ambulances, aux hôpitaux bondés, aux funérailles, aux adieux et tout lui crie que le bonheur est impossible.

On a beau s'efforcer d'être bon, ce n'est jamais assez pour vous faire mériter d'être heureux.

Mais quand le voisin réapparaît par-dessus le mur, le bonheur réapparaît.

22

Luigino s'en est allé. L'ambulance est venue chercher Maddalena, couchée dans une mare de sang. Elle pleurait et disait: « C'est arrivé ! C'est arrivé ! » À l'hôpital, ils lui ont fait un curetage et elle a vu qu'ils jetaient Luigino dans un seau à déchets.

Les médecins disent pourtant que Maddalena est en bonne santé et qu'elle pourra avoir d'autres enfants. Mais pour elle, bien qu'elle n'ait pas eu le temps de le connaître, aucun ne sera Luigino.

La gitane aussi lit dans l'avenir que Maddalena aura un enfant. Mais Maddalena voit tout en noir. Certains jours elle ne veut même pas se lever, ni ouvrir les fenêtres pour faire entrer la lumière ; elle reste en boule au fond de son lit et ils sont tous là autour d'elle, Carlino à essayer de la faire rire, la comtesse à lui préparer quelque chose de chaud, Noemi à la houspiller pour la secouer, son mari à répéter qu'« une porte qui se ferme, c'est une autre qui s'ouvre » et que « Luigino était peut-être malade, tandis que le prochain sera fort et en bonne santé ». Et la nounou prie le Seigneur de la reprendre, cette pauvre petite, s'il doit la laisser comme ça.

Maddalena les chasse : « Je ne veux plus jamais boire ni manger. Vous ne savez dire que des banalités. »

Quelquefois la comtesse laisse Carlino à Maddalena, elle pense que ça pourrait lui faire du bien. L'enfant demande à sa tante où est parti son cousin, et pourquoi. Peut-être que c'est sa faute à lui, qu'il a été *épolisson*.

Sa tante répond distraitement : « Non. Tu n'as rien fait de mal. Personne n'a rien fait de mal, et c'est arrivé quand même. C'est arrivé ! C'est arrivé ! » et elle éclate en sanglots.

« Il reviendra ! » dit Carlino pour la consoler.

Quand son neveu ne monte pas la voir, Maddalena est encore plus mal ; au moins s'il est là elle est obligée d'ouvrir les fenêtres, de faire entrer l'air et la lumière et d'aller jusqu'à la cuisine lui préparer son goûter. Et puis elle n'imaginait pas que Carlino puisse penser des choses intelligentes. Depuis la première désillusion, elle ne lui avait plus prêté attention. Elle l'avait chassé de ses pensées.

Quelquefois la comtesse lui demande d'aller le chercher à la maternelle, comme autrefois. Maddalena n'en a pas envie, elle préférerait rester au lit, mais, si elle se décide, s'habille et fait les quelques pas jusqu'à la maternelle, alors c'est une satisfaction immense de voir le petit courir à sa rencontre de son pas tout désarticulé en criant : « C'est ma tante ! C'est ma tante ! » et lui sauter au cou, tout joyeux, en la couvrant de baisers.

La comtesse était devenue solide au point de terminer tous ses remplacements, mais la voilà qui redevient comtesse de Ricotta. Elle a peur. Dans un monde où Luigino a décidé de s'en aller malgré toute l'affection et les soins prodigués, où Noemi la forte, la dure, se désespère par amour et où la sévère gouvernante est devenue une sale gamine, dans un monde pareil, alors, la violoniste pourrait également revenir, et le voisin ne plus se montrer. Et qui pourrait lui donner tort?

Pour faire plaisir à la nounou, ils lui ont raconté qu'ils avaient aussi racheté l'autre partie de la cour, et elle, enveloppée de ses étoffes improbables, elle se poste près du mur et fait des gestes grossiers. Le voisin se prête au jeu et lui fait croire que les comtesses seront bientôt propriétaires du palais tout entier, comme autrefois, et qu'il doit emballer ses affaires parce que le déménagement est proche.

Mais la nounou, qui a maintenant trouvé quelqu'un pour lui renvoyer la balle, s'est prise d'affection pour le voisin, et quand il pêche, il lui donne les poissons et elle les lui rend tout cuisinés dans un plat. Elle dit qu'elle leur parlera, aux comtesses, pour les convaincre de ne pas s'agrandir, de le garder comme locataire, et lui remercie, dit qu'il s'en remet à elle, et ça le fait rire. Mais jusqu'à quand?

Rien ne résiste. Tout se fait et se défait. Comme la maison. Maintenant que la façade sur la cour est bien comme il faut, sur celle de l'extérieur, rénovée il y a deux ans à peine, le crépi tombe par plaques, et dedans, les murs sont tout tachés d'humidité, les tuyauteries des sanitaires sont fichues. Juste au moment où la comtesse parvenait à se battre, résistait à tous les élèves et à toutes les classes, l'argent gagné va servir à boucher les trous, et quand ceux-là seront bouchés, il y en aura d'autres.

Au fond, la seule bonne idée, c'est celle du suicide. Dommage que ce soit l'hiver, elle ne peut pas s'exercer à la noyade en mer.

Bref, tout est comme avant. Sauf Noemi. Quand elle rentre d'un congrès dans une ville lointaine, au lieu de ramener les cadeaux des hôtels de luxe, elle sort de sa valise une pièce de vaisselle trouvée chez un antiquaire et raconte qu'elle veut reconstituer petit à petit la collection d'Elias, pour lui faire une surprise. Même si retrouver tout ce qu'elle a cassé est impossible. Surtout les pièces les plus précieuses, les saladiers de Savone, les *fiammenghille* d'Albissola, les assiettes de Cerreto Sannita et les majoliques d'Ariano Irpino. C'est sa faute, à Elias. Il l'a bien cherché.

Mais parfois, quand le ciel est d'un bleu parfait, elle se souvient du ciel au-dessus de la bergerie, et quand les nuits sont étoilées, elle pense que les étoiles se voyaient mieux de la fenêtre d'Elias, qu'elles étaient plus grosses, plus proches et plus nombreuses que nulle part ailleurs.

Et quelquefois, en cachette, honteuse d'elle-même, elle va jusqu'à planter des boutures sans aucune logique, hors saison, comme fait la comtesse de Ricotta dans la plate-bande de l'injustice, et elle espère qu'elles vont prendre, miraculeusement.

Peut-être que c'était mieux avant, quand Elias était là, même s'il ne l'aimait pas ou pas pour de vrai. Ou peut-être qu'il l'aimait, mais pour y croire elle avait besoin de savoir pourquoi, et elle ne trouvait pas de raisons qui la rassurent puisqu'elle n'était ni jeune ni belle ni douce ni sympathique. Restaient les plus mauvaises raisons, les plus inquiétantes. Elias voulait prendre une revanche et se vanter au village non seulement d'avoir séduit une des patronnes de sa tante, mais aussi de la faire souffrir en la considérant comme une simple amie, une amie qui résoudrait son problème de fenêtres sur la cour des voisins.

Et si les raisons pour lesquelles Elias l'avait voulue étaient différentes ? Et si Elias n'était pas un homme raisonnable ? En tout cas, c'était mieux avant. C'est tout.

C'était mieux même quand la façade intérieure du palais n'était pas encore refaite, quand elle le voyait tôt le matin sur l'échafaudage et lui proposait du café. Maintenant, dans la cour, elle ne lève même plus les yeux pour l'admirer, cette façade aussi splendide qu'autrefois. Et quand les gens du quartier lui parlent des travaux, elle prend un drôle d'air comme pour dire : « Qu'est-ce que ça peut faire ? Tout peut bien s'écrouler. La maison, l'argent. Des banalités. Ce ne sont que des banalités. »

23

Hier à table, enfin réunis depuis si longtemps dans la salle à manger de Maddalena et Salvatore, fenêtres ouvertes parce que c'est le printemps, la comtesse tout à coup a sorti cette phrase :

« Avant toute chose, il faudra inviter Elias à dîner un soir. Je l'ai rencontré.

– Et il viendra ? ont demandé les autres en chœur.

– Bien sûr. Depuis que Salvatore et Maddalena lui ont parlé, il attend d'être invité. Il croyait que nous avions changé d'avis.

– J'ai plein de pièces pour sa collection, toutes très intéressantes. Par exemple des plats de service qui viennent de chez Giuseppe Pera, avec un décor à l'éponge bleu cobalt et des fleurs roses », a commenté Noemi d'un ton désinvolte.

À part la nounou et Carlino, ils ont tous cessé de manger et se sont regardés sans rien dire.

« Tu es sûre qu'il a dit oui ? a ajouté Noemi.

– Sûre et certaine, a confirmé joyeusement la comtesse.

– Et comment l'as-tu trouvé ?

– Malheureux. »

Noemi a souri et a recommencé à manger. La nounou n'a pas posé de question, elle a sans doute oublié Elias. Et pour Carlino, cet homme n'est pas assez paternel et donc il n'existe pas.

« Ce n'est pas à moi de l'inviter, a poursuivi Noemi.

– Je l'appellerai dans quelques jours, est intervenu Salvatore, ça me fera plaisir de le revoir.

– Alors, a dit Noemi d'un seul souffle, je vais préparer un carton avec les premières pièces de sa nouvelle collection. »

Passant du coq à l'âne, la comtesse est partie sur une autre histoire, celle du voisin qui pilote des avions, ces avions tout légers.

Elle lui a tout raconté, au voisin, qu'elle a envie de mourir, que le père de Carlino va avoir un autre enfant et cette fois il est heureux, et même le piano qu'on ne sait pas où mettre, et les leçons qui vont s'arrêter.

Le voisin l'a écoutée attentivement puis lui a dit la plus jolie chose qu'elle ait jamais entendue, qu'il était passé par bien des épreuves mais qu'il n'en parlait pas, parce qu'il est comme ça. Mais quand il la voit paraître de l'autre côté du mur, c'est comme s'il avait trouvé un refuge.

Un refuge. Mais est-ce qu'ils se rendent bien compte ?

Il lui a dit aussi qu'elle devait faire comme pour un atterrissage, viser la piste, ne penser à rien d'autre que sauver sa peau et ne pas s'écraser. Il lui a dit qu'elle pourrait venir avec lui jusqu'en Corse, à son avis ça lui ferait du bien. Une fois qu'elle se serait habituée à voler, il pourrait lui apprendre à les piloter, les avions.

Il n'a pas peur d'être avec elle, et puis, si on y réfléchit, c'est elle qui a fait marcher la maison quand

Maddalena était enceinte et Noemi à l'hôpital, elle fait même ses remplacements jusqu'au bout, malgré les moqueries et le chahut et les boulettes en papier que les élèves lancent.

Et puis, a poursuivi la comtesse, il y a une chose que le voisin est le seul à savoir, parce que les autres n'auraient jamais voulu la croire, c'est qu'un jour elle a réussi un chef-d'œuvre en matière de cuisine, un gâteau à la ricotta qu'elle a démoulé sans abîmer, magnifique, d'un blanc éclatant sur l'assiette. Elle avait crié : « Venez voir ! » Mais personne n'avait entendu, et le gâteau s'était écroulé. Désespérée, elle s'était assise à table et l'avait mangé, tout affaissé qu'il était. Et il était succulent.

Elle a essayé de reproduire le miracle et a demandé à la nounou si elle se rappelait comment on démoule un gâteau froid. Évidemment elle ne se rappelait pas. Maddalena dit qu'en général on les met au congélateur mais avec la ricotta ça ne marche pas, le petit lait se désagrège et le gâteau est infect.

Bref, elle ne peut pas prouver qu'elle a réussi un gâteau parfait. Ils sont obligés de la croire. Le voisin l'a crue.

Il a dit aussi que le piano entrerait sûrement chez lui, parce que la maison est grande, avec des pièces larges et de hauts plafonds, et c'est quasiment vide maintenant. Il fera venir le même maestro, et si la méthode veut qu'un parent soit présent pendant les leçons, bien qu'il ne soit pas réellement de la famille, ça devrait marcher quand même.

La comtesse dit qu'elle en a aimé beaucoup d'hommes, mais comme le voisin aucun, jamais.

Mais Maddalena a peur que la prédiction d'Angelica soit fausse, comme d'habitude, et que le vol de la comtesse se fasse depuis une fenêtre et pas en avion, et que si quelqu'un doit avoir un enfant ce sera le père de Carlino, et pas elle.

Parce qu'on sait bien que le rêve de la comtesse ne peut pas se réaliser. Habitué à la belle violoniste virtuose dont tout le monde parle encore dans le quartier, le voisin se lassera d'elle, cette incapable, avec ses vêtements qui pendouillent et ses chaussures plates éculées, qui rentre toujours en retard parce qu'elle attire comme un aimant les malheureux qui l'arrêtent en chemin et qu'elle a la prétention d'aider.

Et il se lassera encore plus vite de cette peste de Carlino et de ses enfantillages. Bien gentils, la mère et le fils, mais de l'autre côté du mur.

Avant, au moins, il y avait Noemi qui raisonnait. Plus maintenant.

Il suffisait de la voir l'autre soir, quand Elias est venu dîner, elle a même ouvert pour l'occasion sa salle à manger-musée, allumé toutes les ampoules du grand lustre à pampilles, déhoussé chaises et canapés au risque qu'ils se tachent, saccagé le jardin pour remplir les vases de fleurs printanières, dressé la table avec une nappe brodée et le service qui avait mis fin à la bouderie du roi.

Elias a apporté du fromage, du jambon, du vin, et elle a mangé et bu sans y penser, et quand Elias a dit qu'au printemps, chez lui, le long des ruisseaux en crue à l'ombre des ifs, des cèdres du Liban et des charmes couverts de mousse, fleurissent les pivoines, les orchidées, les iris et les cyclamens, elle a lancé, avec un enthousiasme puéril: « C'est merveilleux ! Il faut que nous allions voir ça ! »

Même le voisin, qui lui était hostile, a commencé à prendre la défense d'Elias et à planter des fleurs dans la plate-bande de la comtesse, contre le mur, oubliant que la plate-bande devrait être plus large au moins de la moitié.

Et à propos de cette femme, la violoniste, il dit qu'elle n'était peut-être pas si jolie, ni si virtuose. De toute façon, ils l'ont toujours vue depuis le mur, ou qui regardait ailleurs, ou penchée pour arroser, ou de dos. Virtuose ? Son violon, ils l'ont entendu mêlé à d'autres bruits, pas dans une salle de concert. Bref, de toute cette beauté et de tout ce talent, on n'a même pas un commencement de preuve.

Mais Maddalena a bien compris que le voisin s'intéresse à la comtesse parce que ça n'a pas marché avec la violoniste. La comtesse, c'est toujours mieux que rien.

Personne n'aime pour de vrai, et quand on aime ce n'est pas avec passion, c'est toujours pour une raison. Salvatore pareil, il l'a aimée pour ses seins et son cul, et parce qu'elle était toujours gaie. Maintenant qu'elle est triste et fanée et qu'elle n'a plus envie de faire l'amour, il cessera de l'aimer. Si elle avait eu des enfants, alors oui. Et encore. Il l'aurait aimée par devoir, en tant que mère de ses enfants, et il aurait désiré les autres.

Même Micriou ils ne l'ont pas aimé, c'était juste un enfant-chat. Un monstre. Et elle voit bien maintenant que son intelligence, au fond, ils se l'étaient inventée, vu qu'il est incapable d'attraper une souris.

Et Dieu non plus, on ne l'aime pas vraiment. On prie seulement pour obtenir quelque chose.

Et Lui, s'il nous aime c'est parce que sans nous il s'ennuierait. D'ailleurs, il s'ennuie. C'est pour ça qu'il a créé le chaos et de ce chaos nous a fait naître. Quelle peine, quelle grande peine nous faisons.

Mais pourquoi n'ont-ils pas tous envie de mourir? Ils sont si ridicules avec cette manie de vouloir vivre. Comme la nounou, que personne dans le quartier, à part le voisin, n'a envie de fréquenter plus d'une minute. Si quelqu'un tient plus longtemps, la comtesse de Ricotta sort lui donner des sous pour le remercier de sa bonne action. Mais on voit bien que leur motivation c'est d'apprendre des choses dégoûtantes sur la famille, des choses peut-être vraies, d'ailleurs, peut-être que leur père a vraiment courtisé la gouvernante, laquelle a vraiment donné les mauvaises pilules à leur mère, pour la tuer.

24

Après l'invitation du voisin à voler, la comtesse, sans même savoir pourquoi, est descendue dans le jardin et a escaladé le mur. Carlino, à qui la chose avait toujours été sévèrement défendue, l'a suivie. Tout content de l'aventure, même si l'aventure se limitait à s'asseoir au pied du mur, mais de l'autre côté, du côté du mystérieux voisin.

« On a racheté tout le palais de l'autre côté ? a demandé la nounou.

– Oui, on y va pour la signature, on te racontera.

– Attention, hein, vous chassez tout le monde sauf le voisin !

– Promis. »

L'enfant jubilait en galopant dans les mauvaises herbes, suivi de Micriou, qui vit maintenant moitié dans la maison moitié dans la rue, tellement intelligent qu'il s'adapte à toutes les situations.

Mais qui est le voisin ? Ils ne le connaissent pas vraiment. Et rien ne dit qu'il soit amoureux de la comtesse, il a peut-être seulement pitié. Et la comtesse, la comtesse de Ricotta aviatrice. Un refuge, elle, allons donc. Pourtant les Saintes Écritures le disent : « La pierre qu'ont rejetée les bâtisseurs est devenue la pierre angulaire. C'est là l'œuvre du Seigneur, et nos yeux la trouvent admirable. » Admirable, mais déraisonnable.

Et Maddalena continue à se poser des questions et à ne pas trouver de réponse. Mais à cause de cette absence de réponse, le long de la frontière tracée par le mur, lui vient l'idée que toutes ces vilaines choses qu'elle pensait ne sont peut-être pas vraies. Et en elle naît un étrange, un absurde espoir de bonheur.

On n'entend plus dans la maison du voisin le bruit continu de la radio et de la télévision. Il n'a peut-être plus peur du silence. Ce sera mieux d'entendre cette peste de Carlino jouer du piano.

Et tout à coup elle a envie de faire l'amour avec Salvatore. Elle plonge son visage dans les vêtements de son mari pendus dans l'armoire et s'émeut de sentir son odeur, comme le matin quand il part au bureau et qu'elle met sa tête dans le creux fragile et doux qu'il a laissé sur l'oreiller, en veillant à ne pas déformer les contours.

Elle ouvre le tiroir où elle range sa lingerie la plus fine et s'effraie de l'odeur triste des vêtements qui n'ont pas été portés depuis longtemps. Elle met tout à tremper dans un de ces shampooings parfumés que Noemi rapporte des hôtels chics puis le met à sécher au soleil, et dans l'air presque estival on sent un parfum de propre et de fête, avec ces strings, ces soutiens-gorge, ces bas résille, ces bustiers lacés, ces combinaisons transparentes.

Et elle se souvient tout à coup que son mari, la veille, pendant qu'il faisait la cuisine, a reçu un coup de fil où il a parlé de « septembre », mais au lieu de dire qui téléphonait et ce qu'il allait faire en septembre, il s'est penché à nouveau sur les fourneaux. Est-ce qu'il s'était mis d'accord avec sa maîtresse pour partir ensemble et voulait cacher son embarras, ou sa joie ?

Elle se souvient maintenant, comment c'est, la jalousie, quand le cœur bat la chamade et que les jambes tremblent et qu'on voudrait que tout s'arrête pour cesser de souffrir.

Mais est-ce qu'on peut jamais tout savoir ou tout comprendre, elle n'a plus qu'une hâte, que Salvatore rentre du travail, pour qu'ils aillent au lit faire l'amour.

Parce que faire l'amour avec la personne qu'on aime, on a beau dire, c'est magnifique.

Et voler, et atterrir, et viser la piste sans s'écraser, ça aussi ça doit être magnifique.

Remerciements

Sans les photographies du livre de Marco Desogus, *Dentro Castello* (Edizioni Tiligù), les personnages de cette histoire ne sauraient pas où habiter.

Sans la vaisselle ancienne du professeur Paolo Melis, Elias n'aurait pas de collection.

Sans les photos à basse altitude prises par Giovanni Alvito à partir de dirigeables et de ballons captifs, il serait impossible au voisin d'avoir une vision systémique un peu différente.

Littérature en « Piccolo »
dernières parutions

et retrouvez tout notre catalogue sur www.lianalevi.fr

N° 67

Ernest J. Gaines

Autobiographie de Miss Jane Pittman

Tour à tour esclave, blanchisseuse, cuisinière, la vie de Miss Jane Pittman symbolise toute l'histoire du peuple noir américain.

N° 68

Anthony Moore

Swap

Harvey est obsédé par la bande dessinée qu'il a échangée, enfant, contre un tuyau en plastique. Il est prêt à tout pour la récupérer, mais le scénario va dérailler.

N° 69

Qiu Xiaolong

Cité de la Poussière Rouge

À travers les récits des habitants d'un quartier traditionnel de Shangai, précarité, ambition et amour se déclinent selon la grammaire socialiste.

N° 71

Ernest J. Gaines

Par la petite porte

Copper, fils métis et illégitime du maître blanc, revient dans la plantation où il est né. Mais cette fois il refuse de passer par la petite porte…

Markus Orths

Femme de chambre

Une femme de chambre obsessionnelle entre de force dans l'intimité des clients de l'hôtel où elle travaille.

Fabrizio Gatti

Bilal sur la route des clandestins

Un journaliste italien se fait passer pour un immigré et tente de rejoindre l'Europe depuis Dakar. Bouleversant.

Andreï Kourkov

Surprises de Noël

Trois nouvelles inédites d'Andreï Kourkov, trois contes de Noël empreints de bizarrerie et d'optimisme.

Iain Levison

Trois hommes, deux chiens et une langouste

Trois lascars inexpérimentés se demandent comment passer d'un petit boulot... à un gros magot !

Qiu Xiaolong

La bonne fortune de monsieur Ma

Monsieur Ma, le libraire de la cité de la Poussière Rouge est arrêté. Son crime : posséder un ouvrage subversif à propos d'un certain docteur russe.

Alfio Caruso
Willy Melodia
Willy Melodia, musicien à l'oreille absolue, observe et accompagne de son piano le New York mafieux des années 20.

Fabio Geda
Pendant le reste du voyage, j'ai tiré sur les indiens
Emil, un jeune Roumain immigré en Italie traverse l'Europe à la recherche de son grand-père qu'il ne connaît qu'au travers de quelques lettres.

Martine Laval
Quinze kilomètres trois
Un paysage de la Côte d'Opale. Deux gamines, un secret… Et un mardi, la fuite, qui les conduit vers la falaise.

Lionel Salaün
Le retour de Jim Lamar
Jim, un vétéran du Vietnam, et le jeune Billy bouleversent les conventions dans une petite ville au bord du Mississippi. Un premier roman 10 fois primé.

Kim Thúy
Ru
Une *boat people* exilée au Québec voyage à travers le désordre de ses souvenirs. Récit entre la guerre et la paix, *Ru* restitue le Vietnam d'hier et d'aujourd'hui. Une révélation.

Seth Greenland
Un patron modèle
En héritant du pressing de son frère mal-aimé, Marcus découvre des activités de blanchiment insoupçonnées. Hilarant.

Iain Levison
Arrêtez-moi là !
Un chauffeur de taxi est accusé à tort d'enlèvement. L'histoire de son procès souligne avec humour et cruauté les dérives du système judiciaire américain.

Silvia Avallone
D'acier
Anna et Francesca, bientôt quatorze ans, rêvent de se frayer un chemin hors de la cité ouvrière de Piombino. Un premier roman poignant. Un auteur magistral.

Andreï Kourkov
Le Caméléon
Les annotations étranges d'un ouvrage de littérature ukrainienne conduisent Nikolaï vers une carte au trésor.

Silvia Avallone
Le Lynx
Un malfrat sur le déclin croise sur une aire d'autoroute un adolescent paumé. Cette rencontre improbable changera le cours de sa vie.

Fabio Geda

Dans la mer, il y a des crocodiles

Enaiat, un Afghan de dix ans est abandonné par sa mère au Pakistan. Son périple le conduira jusqu'en Italie. Un récit d'enfance bouleversant.

Virginie Ollagnier

Rouge argile

Rosa revient dans sa maison familiale au Maroc, quittée vingt ans auparavant. Un retour aux sources qui remet sa vie en question.

Qiu Xiaolong

Des nouvelles de la Poussière Rouge

À travers les récits des habitants d'un quartier traditionnel de Shanghai, précarité, ambition et amour se déclinent selon la grammaire socialiste.

Andreï Kourkov

Truite à la slave

Un matin, le cuisinier Dimytch Nikodimov disparaît et un ancien flic est chargé de l'enquête. La solution est dans l'assiette, bien sûr…

Janet Skeslien Charles

Les Fiancées d'Odessa

Daria sert d'interprète aux jolies Ukrainiennes qui veulent décrocher un « visa-fiancée » et quitter le pays. Cette Odessite inconditionnelle va se laisser gagner par leur rêve d'évasion.

Achevé d'imprimer en mai 2013
dans les ateliers de Normandie Roto Impression s.a.s.
N° d'impression : 132051
Dépôt légal : juin 2013

Imprimé en France